〈極上自衛官シリーズ〉

こわもてエリート陸上自衛官は、小動物系彼女に絶対服従！

～体格差カップルの恋愛事情～

ルネッタブックス

CONTENTS

【プロローグ】

「可愛いなあ海結《みゆ》さん、ほんっと可愛い。ほら顔見せて」

私の恋人の普段の眼差《まなざ》しは、端正な眉目に似合う、精悍《せいかん》できりっとしたものだ。けれどそれはいま、ドロドロの情欲たっぷりに細められている。いつもは低く少し掠《かす》れ気味の声だって、溶けたお砂糖みたいにトロトロに甘い。

私は眉を下げて肩で息をしながら、私にのしかかる、かなり大きく筋肉質な恋人——峻岳《しゅんがく》くんの顔を見上げた。彼の額はすっかり汗ばんでいる。私は啼《な》かされすぎて、それどころじゃなく汗だくだ。

彼に甘く組み敷かれ抱かれはじめて、果たしてどれくらい時間が経つのだろう。夕方には押し倒されたような気がする。みじろぎすると、ナカにずっぽりと咥《くわ》え込んだ彼の屹立《きつりつ》が微《かす》かに動く。くちゅ、と悦楽で滲《にじ》み出たぬるついた粘液の音がする。

「んっ」

「あ、ごめん。海結さんに見惚《みと》れて動くの忘れてた。はは」

峻岳くんはとても朗らかにそう言って、私の汗ばんだ額に唇を落とした。優しくて、愛されてるって思う、とっても慈しみ深いキス。

なのに。

ぐちゅっと淫《みだ》らすぎる蕩《とろ》けた音とともに、峻岳くんは屹立が抜ける寸前まで腰を引く。そうして一気に最奥まで貫いた。

悲鳴さえあげられない。頭の中で星がキラキラしているみたい。きゅうっ、きゅう……っ、とナカの肉が彼の昂《たかぶ》りに吸い付き収縮を繰り返す。

「あー、海結さんイってる……可愛い」

きゅっ、と抱きしめられる。身体の大きな彼にそうされると、平均以下の身長しかない私はすっぽりと彼に包まれてしまう。逞《たくま》しい腕、分厚い胸板、硬い腹筋、そんなものたちに。

なんとか目を開くと、筋張った男性らしい首筋とくっきりとした喉仏が見える。

峻岳くんの分厚くて大きな手のひらが、私の頭を抱える。そうして、「好き」「可愛い」「大好き」を繰り返しながら、彼は腰の動きを速めていく。

「はー、海結さん、可愛い。奥当たってるの、わかる？　これ子宮かな、下がってきてくれてるな。可愛いなあほんと」

頭にキスしながら、彼はそんなことを言う。

淫らな、あさましい本能の働きさえも彼からしたら「可愛い」らしい。よくわからない。私はさんざんに喘《あえ》がされながらそう思う。峻岳くんみたいな、かっこよくて素敵《すてき》な男性が、どうして私をここまで好きでいてくれているのか、まったくわからない。

半分飛びかけた意識の中、ぐりっ、と最奥を抉《えぐ》るように腰を動かされた。とたんに頭が真っ白になる。

「しゅ、んがく、くん、イ……く、そこ、だめ」

私は彼の逞しい腕の中で身体を跳ねさせる。はくはくと金魚みたいに呼吸して、目を見開き、ぽろぽろ涙を零《こぼ》し、首を振る。

「そこ、おかしく、なっ……あんっ、あんっ、ああっ」

ダメだって言ったそこを、峻岳くんは迷いなく何度も何度も怒張した昂りで突き上げる。荒い獣《けもの》じみた呼吸が、狂おしいほど嬉《うれ》しい。彼も気持ちいいんだって。

そして繰り返される、こじ開けんばかりの腰の動きに抵抗できず、結局何度も達してしまう。ナカの肉襞が蠢《うごめ》き痙攣《けいれん》し、彼のものにしゃぶりついて締め付ける。

「しんじゃ、ぁう……」

「ん、気持ちいい？　海結さん。可愛い顔」

絶対に可愛くないはずの、涙と涎《よだれ》でぐちゃぐちゃになった顔を覗《のぞ》き込み、峻岳くんは微笑《ほほえ》んだ。一見強面《こわもて》なのに人懐こさのある、朗らかで好青年な微笑み。背後にぶんぶん振りたくられる尻尾が見える気さえする、私に絶対服従な彼のかんばせ。

彼は少なくとも仕事以外では、いつだって私優先だ。私が喜ぶ顔が見たい、私の笑顔が大好きなんだって何度も繰り返す。

でも、エッチのときだけは。

このときだけは、彼はとっても、いじわるだ。

「もっとイける？」

私は唐突に言われたその言葉に目を瞠《みは》る——え、いま、なんて？

おずおずと彼を見ると、峻岳くんは甘えた視線をよこし、身体を起こした。

「いや、だって海結さんのイくときの顔、すげえ可愛いから。もうちょい見たい」

そう爽《さわ》やかに言い放ち、私から屹立を引き抜く。私をくるりとうつ伏せにし腰だけ高く上げさせて、今度はねっとりとゆっくりナカに入ってくる。ぞりぞりと肉襞を引っかき、気持ちいいところを突き上げナカを拡《ひろ》げ、最奥まで進んでくる

彼は私の頭の上に腕を置き、私の顔を覗き込み、うっとりと笑う。

「イってくれてありがと。すっげえ可愛い」

にこっ、と人懐こく明るく笑われて、イってるのにさらに最奥を苛《さいな》まれて。

「あ、っ、っん……っ」

私は枕を抱きしめ、そこに顔を埋めた。子宮がわなないているのがわかる。深く、深く、身体の芯まで蕩けさせる絶頂に、がくがくと腰が震えた。

太ももを生ぬるい液体が伝って垂れていく。

「はは。潮噴いた、かーわい」

とっても上機嫌な声が降ってきて、背中から強く抱きしめられ頭に頬擦《ほおず》りされる。

「好き、ほんと大好き。ずーっと一緒にいような?」

蕩けるほどの、逃れられないほどの、そんな愛情にがんじがらめ。

私はたび重なる絶頂に、意識を混濁させながら思う――なんで、なんで、こんなことになったんだっけ? ものすごく大きくて重い愛情をぶつけられるようになったんだっけ?

そう、あの日。

あの秋の日に、彼に捕まったから。

あの日に全てが始まった。

――このお話は、他の人よりほんのちょっと小さな私が、他の人よりずいぶん大きな恋人に捕まって、愛情たっぷりに捕食され舐《な》めしゃぶられがんじがらめにされ、そうして逃げられなくなるまでの、そんなお話。

とあるカップルの、結婚に至るまでの物語。

小さな私と、おっきな強面わんこみたいな恋人との——そう、恋愛事情《あるある話》だ。

【一章】

人によって「あるある話」っていろいろあると思う。「どこからでも切れます」の調味料の袋がどこからも切れなかったり、三連休後はゴミ出しの日を間違えたり。まあそんな感じのこと。

身長百五十センチぴったりの私としては、冷蔵庫の一番上にあるものの存在は忘れがちだとか、高いところに溜まった埃《ほこり》に気がつきにくいだとか、そんな話から始めがち。同じくらいの身長の人からは「わかるー！」って割と同意を得られてる。

まあ、なぜ私がそんなことを考えるかというと、鈴木《すずき》さんってちょっと強面《こわもて》のお客さんが百八十センチ台後半だという大きながっしりとした身体を縮めて小さな釣《つ》り船の上、真摯《しんし》な眼差《まなざ》しで海面を見つめているからだ。正確には浮きを、だけれど。

果たしてこのとっても大きな男性が見る世界は、どんな感じなんだろう。きっと私とは全然違うものなのだろうな。そんな想像から思考が飛躍したのだった。

大きい人あるあるってどんなのだろ。

まあそれはいいや、と私は揺れる船上を歩き鈴木さんの元に向かう。私はこの釣り船の船長たる祖父に雇われたアルバイトなのだ。主な業務内容は、接客と釣りのサポート。

「鈴木さん。釣れますか」

「いやあ、まったく釣れませんねえ。いまのところボウズです」

鈴木さんに声をかけると、海を見つめたまま彼はのんびりした口調で答えた。二十四歳の私より少し年上らしい彼の精悍《せいかん》と言っていいだろう整った眉目には、なんの焦《あせ》りも浮かんでいない。

さて、この会話を鈴木さんとするのは一体何回目だろう。私は初秋の大海原に視線を向け、煌《きら》めく波飛沫《しぶき》に目を細める——祖父が経営する釣船屋「やまぐち」。その船の上は歓声でもちきりだ。生まれも育ちも長崎《ながさき》の漁師でもある祖父の勘は今日も冴《さ》え渡り、サワラとサゴシの群れを発見し、釣り客はホクホク笑顔で釣り上げている。サゴシとはサワラの幼魚……といっても四〇センチくらいあってとても美味《おい》しい。この海の秋の名物だった。比較的簡単に釣れるため、初心者向きの魚でもある。

にも拘《かか》わらず、鈴木さんの竿《さお》はぴくりとも動かない。たまにかかった気配がしても逃げられている。

「なぜ……でしょうかね」

私はごまかすようにお団子ヘアーにしている頭をぽりぽりとかいた。鈴木さんは海に目をやったまま、快活で朗らか、かつのんびりとした口調で「まあ」と頬を緩めた。

「こんな日もありますよね」

周囲が爆釣なのは気にならないらしい。

というか、こんな日もなにも、鈴木さんは毎回こうだというのも気になっていないようだった。とっても身体が大きくていかついイメージの彼なのに、実際接してみるとかなり快活かつおおらかでのんびりしている。

たしか下の名前は〝峻岳《しゅんがく》〟だ。険しい山とかの意味で、性格と違い名前もいかつい。名はあんまり体《たい》を表してない系の人だ。ああでも、強面で真面目そうだし体格がいいから、ある意味合ってるのかな。

そういうところも含めて、なんかこの人いいなあ、と思う。

恋愛対象とかじゃなくて、ひとりの人間として好感が持てる。

私は「ちょっといいですか？」と彼の横に座る。狭い船だから、どうしてもくっつく感じになってしまう。鈴木さんはニコニコと頷《うなず》いた。人懐こい、おっきなわんちゃんみたい――って、大人の男性に失礼か。しかも私より年上だし。

ふと鈴木さんの大きな手が目に入る。ごつごつした、手のひらにまで筋肉がついている働く男性の手だった。祖父のものと似ている。

私はロッドに触れ、アドバイスをすることにした。釣れないと面白くないもんね。

「もう少し自然な感じで、波に逆らわないほうがいいのかも」

「こうですか」

「そうそう、上手！」

釣《つ》り竿《ざお》から手を離しぱちぱちと拍手する。鈴木さんはとっても真剣に海を見つめている。

私が彼のすぐ横に座れるのは、鈴木さんも私を異性として見てないとなんとなくわかるからだ。男女とか関係なく、ひとりの人間として扱われている気がして、それがひどく心地いい。

「ひねもす、のたりのたりかな……」

「鈴木さん、それは春の海では？」

「似たようなものでしょう」

その応えについ、ふふ、と笑うと鈴木さんも頬を緩める。

私は爆釣の歓声が上がる船上で、鈴木さんとふたり、のんびり初秋の海の波に揺られていた。

「いやあ、釣れた釣れた」

「いまからバーベキューなんすよ！　海鮮と肉で！」

船着き場でクーラーボックスを抱え満面の笑みを浮かべている今日のお客さんは、鈴木さんはじめ常連の四人組だ。皆さん自衛官らしい。全員、潔いほどの短髪だ。近くに基地のある、海上自衛隊の人たちかな。詳しくは知らない。船で作業しているおじいちゃんなら知っているかもだけど。

「バーベキューですか、いいですね」

応えながらチラッと鈴木さんを見てしまう。だって今日も今日とて鈴木さん、結局ボウズなんだもの。

釣りだって付き合わされて来ているんだろうなあと少し気の毒に思っていた。けれど鈴木さんは私と目が合うと、ニカッととっても明るく笑い「山口《やまぐち》さん！」と快活に私を呼んだ。

「はい」

「すごく楽しかったです！　また来ます」

その言葉に嘘《うそ》はないように思える。

どうやら鈴木さん、まったく釣れていないのに海釣り、楽しいらしい。思わず唇が綻《ほころ》んでしまう。なんか、やっぱり鈴木さん、いいな。もちろん人として。

「お待ちしています」

ぺこりと頭を下げると、鈴木さんと仲がいい赤田《あかた》さんが「お？」と首を傾《かし》げた。鈴木さんと同じくらいの体格の、がっしりとした人だ。

「あれ、そういや釣り中もふたり仲良かったよな？」

「そうそう。いい感じの雰囲気《ふんいき》」

話に入ってきたのは、青林《あおばやし》さん。スラリとして見えるけれど、船の上での歩き方なんかを見るに、かなり体幹も鍛えてあるし腕も太い。

「山口さん、鈴木さん、正直どう？　彼氏として」

もうひとりの黄瀬《きせ》さんまで加わってしまった。小柄な男性で……といってもこの四人組ではという話だ。にこやかな雰囲気に合う童顔で……と、黄瀬さんは会うたび少し既視感を抱いてしまう。似た芸能人でもいたかな？　ちなみに他の三人より年下らしい。

いやまあ、それはいいとして。私は目を白黒させ苦笑した。

「あの、なんといいますか、鈴木さんにも選ぶ権利があるのではと……ほら、私と鈴木さんでは身長差が」

言いながらちょっと凹《へこ》む。

周りに比べ少し背が低いのが、ほんの少しだけコンプレックスだったりするのだ。

せめてとソールの厚い靴を履いたり、頭の上にお団子を作ったりと少しでも背が高く見える工夫をしているけれど、どうだろう、果たして効果はあるのだろうか……と思っている私の頭上に、低くて少し掠《かす》れた声が落ちてくる。

「俺は気にしませんけど？」

鈴木さんは不思議そうに言ったあと、「あ」と目を瞬《またた》いた。

「あの、これは決して俺が山口さんを狙っているというわけではなくてですね……お前らなあ、これで釣りに来にくくなったらどーすんだよ」

後半は赤田さんたちに向かっての文句だ。

「いやお前、釣りに来にくいもなにも、そもそも釣れたためしねえじゃん……」

赤田さんに突っ込まれた鈴木さんはぽかんと首を傾げた。

「釣りって釣れなきゃいけねえの？」

心底不思議そうにしつつも、私に向かっては「すみません！」と相変わらずの快活な笑顔。

どうやら、釣れてないのは本気で気にしてなかったようだ。

「いえいえ大丈夫ですよ……と、あ！　すみません、これ」

私は船着き場のすぐそばにある事務所に戻り、チラシを片手に彼らの元に駆け寄った。

「来週、駅前広場でやるカレーフェスタに出店するんです。チラシにクーポンついてるんで、よかったら皆さんで来てください」

「え？　カレー？　おじいさんと？」

鈴木さんが不思議そうにチラシを見つめる。私は「いえ」と首を振った。

「私、実は本業カレー屋さんなんです」

「え！　どこでやってるんですか？　市内？　食ってみたいです、山口さんのカレー」

「従姉《いとこ》とキッチンカーでいろんなところ回ってて」

「じゃあこっちは……」

「釣船屋はバイトです。小さい頃から帰省のたびに乗ってたから、釣り好きってのもあって」

キッチンカー一本で食べていけるほどの売り上げはないのだった、残念ながら……。いつかは路面にお店を出して有名店になって、という野望はあるものの、いまのところは平日にオフィスのあるエリアに出店、休日にたまに県内のイベントを回るので精いっぱいだ。

「へえ。食いに行きます」

鈴木さんがそう答えた背後からチラシを覗《のぞ》き込んだ赤田さんが「お」と唇を上げる。

「これ知ってる。うちのカレーも出すらしいよ」

「うち……というと、海上自衛隊ですか」

海自のカレーはとても人気だ。知名度もあるし、艦ごとにレシピが違うとかで面白味もあり、うちみたいな小さな店舗では到底敵《かな》わない。そもそも旧海軍の軍港として発展してきたこの街では、海自人気が高い。

どう対抗すべきかと考える私に、赤田さんは「いや」と首を振った。

「海自さんも出すかもだけど……」

「え？　じゃあ」

私はチラシをよくよく見てみる。扱いは海自さんが一番大きい。けれど、その横にちょこっと載っている名前は――。

「陸上自衛隊、水陸機動団？」

エビフライとからあげの乗ったカレーの写真も掲載されている。水機カレー、だそうだ。

私は鈴木さんたち四人を見つめ、首を傾げた。

「もしかして、皆さん陸自の方だったんですか」

「そうそう。地域外の人らには割と勘違いされる」

「駐屯地《ちゅうとんち》はこの漁港挟んで海自さんと反対側だよ」

口々に言う彼らに「へー」と目を瞬いた。

「陸自もあるとは聞いてたんですけど」

「山口さん、この辺地元じゃないの」

青林さんはそう言って不思議がる。なんでも地元小学校の史跡遠足なんかにガイドで行くことがあるらしい。陸上自衛隊の人のガイドってなんか心強いなあ、なんて思いながら「へえ」

と相槌《あいづち》を打った。

「まあおれらとは別の隊のやつらだけど」

私は「実は」と青林さんたちに説明をする。

「こっちにきたのは最近なんです。私、生まれこそ長崎なんですが、父の転勤で二歳のときには岩手《いわて》に引っ越して。それ以来、全国ウロウロしてました」

「へえ。じゃあ、いろいろ方言話せるんだ」

「や、もう混ざりすぎて自分でも何弁を喋《しゃべ》っているんだか……」

なので普段はできるだけ方言を出さないようにしている。そう言うと鈴木さんが興味深げに私をまじまじと見つめてくる。

なにしろ鈴木さんと私では身長が三十五センチくらいは違う。完璧に見下ろされている形になるのに、まったく威圧感はない。むしろ優しげに見つめられている感じ。そんな雰囲気で、興味津々な目をした鈴木さんは口を開いた。

「俺、山口さんの方言聞いてみたいです」

「やですよ、なんか恥ずかしいです」

即答すると、鈴木さんは「えー」と残念そうに笑う。そんな顔でも快活さが失われていない。

「え、やっぱ鈴木、山口さん気になってる感じ……!?」

「だから違うって。俺東京《とうきょう》だからさ、方言とか可愛いって思う」

「出た出た～！　俺東京～」

ケタケタと騒がしく笑い合いながら、彼らは私に手を振り去っていった。

「東京かあ……」

幼少期から親の転勤で全国をウロウロしてる私なのに、なぜか東京には縁がない。修学旅行でスカイツリーと浅草《あさくさ》に行ったくらいだ。

「おい海結《みゆ》、ぼーっとしとらんと手伝え」

「あ、おじいちゃん。はあい」

私は船まで戻り、掃除を手伝う。鈴木さんたちはいつも綺麗《きれい》に使ってくれるので助かっていた。

「そういえばおじいちゃん、鈴木さんたちって陸自の人なんだって。知ってた？　私海自さんだと思ってた。船の上でもふらつかないし」

沖まで出ても酔う感じもない。船に慣れているんだろうなと思う。それもあって海自さんと勘違いしていたのだけれど……。

「ああ、大揉《も》めに揉めた」

「へ？」

「勝手に訓練しよるけんさ」

「どこで？」

まさか陸上自衛隊が漁港で訓練なんかするわけないし、と首を傾げた。

「漁場でたい」

「海で？　だから、海自さんじゃなくて陸自さんだってば」

耳が遠くなったのかと顔を覗き込むと、漁師らしく日に焼け皺《しわ》を深く刻んだおじいちゃんは呆《あき》れた顔を私に向ける。

「あそこの部隊は海も山も陸でも訓練しよる」

「……海ぃ？」

陸自なのに？　不思議に思う私におじいちゃんが説明してくれた。

「離島がゲリラなんかに占領されたときに取り返しにいく部隊たい。あと震災のときやら、海から救助に行くげな。それで上陸訓練やら、ヘリコプターから海に降りる訓練やらしよる」

「……へっえ～」

私は目を瞬き海を見た。

「陸上自衛隊って、戦車乗って銃を撃ってるだけじゃないんだねえ」

そんなイメージしかない。

ちなみに採めたのは水陸機動団……だっけ、それができる前の部隊の話らしい。水陸機動団自体は数年前に新設されたばかり。地元の協力がなければ訓練もできないと、前の部隊からかなり地元貢献に力を注いでいるらしい。お祭りでのボランティアやゴミ拾い。さっきの地元小学校の史跡遠足のガイドもその一環なのかもしれない。

そんな話を従姉の加奈《かな》ちゃんにすると逆に驚かれた。

「えー、知らなかったの」

驚きつつも、加奈ちゃんは玉ねぎを炒める手を止めない。私も大きな寸胴鍋をぐるぐるかき混ぜていた。二百リットルの水タンクを積んだ大型キッチンカーの中はカレーの匂いで充満している。

今日は件《くだん》のカレーイベントだ。朝十時開始のため、七時過ぎから会場で準備していた。ある程度作ってきていたけれど、どうやら前売り食券が好評と耳にして追加分を作っている最中だ。煮込んだほうが美味しいから——なんて思いつつ、私はううんと眉を寄せた。

「知らなかったよ。陸自さんもいるなんて」

なにしろ半年前にこっちに来たばかりなのだ。来たというか、一応生まれ故郷なので「戻って来た」のほうが正確なのかもしれないけれど。

「着てる服が違うじゃん。緑と青」

「……あ、もしかして緑は陸自？　お祭りのパレードで見た」

「そうだよ」

明治《めいじ》まで人口四千人ほどの小さな漁村だったこの街が、いまや長崎市に次ぐ人口二十五万人の中核市まで成長したのは、旧軍の軍港が開かれたからだ。自衛隊関係者や、自衛官向けの商売をしている人も多い。そのため自衛隊に好意的な住民が多く、制服で出歩く自衛官や米兵さんをちらほら見かける。

でもそうか、制服の色が違ったのか。ファッションかと思ってた……。空自はまた別の色なのかな？

「まあ、外から来て興味なかったらそんなものかあ。で、その人……鈴木さんか。いい人だって？」

「うん。なんていうか、空気感が自然っていうか。一緒にいて楽？」

「えーいいじゃん。付き合っちゃえ」

「そんなんじゃないって」

「相変わらず消極的。そんなんだから二十四になっても恋のひとつもできてないんだよ」

加奈ちゃんがそう言うのと同時に、音楽が鳴り響く――アメリカ国歌だ。毎朝午前八時、近くにある米海軍基地で国旗掲揚が行われているせいだ。これはさすがに知っている。続いて君が代。

「加奈ちゃんみたいにいろんな人と付き合ってみて～みたいのは私には無理だよ」

「そ？　ヤってみんとわからんくない？　あ、煮込み終わりそ？」

「うん」

私は『ヤって』なんて直接的な言葉にこっそり照れつつ頷《うなず》いた。加奈ちゃんは恋多き女なのだ。

「よかったあ、たくさんカレー売れるといいね」

「だね！」

加奈ちゃんとニコニコと笑い合う。

……とはいえ、現実はそううまくいかない。

「うーん、昼ピーク過ぎたらガクっと落ちたね」

加奈ちゃんがキッチンカーの窓から腕組みをして会場を見回し呟《つぶや》く。

「だねえ」

「他は並んでるもんね……無名店は厳しいや」

なにしろこのカレーフェス、全国から有名店が集結しているのだ。私たちは地元枠でギリギリすべり込めたに過ぎない……。メインステージから聞こえてくるご当地アイドルの歌声がキッチンカーに虚《むな》しく響く。あちらはかなり盛り上がっていた。

「うーん。よし、ちょっと海結、敵情視察してきてよ」

「視察ぅ？　もー、しょうがないなあ」

めんどくさそうに答えつつも、実はウキウキとしながらエプロンを外す。

「このカレー好きめ」

加奈ちゃんがケタケタと笑う。要は休憩してきていいってことだ。

キッチンカーを出て、少し乱れていた頭のお団子をくるりと結び直し、数年前に亡くなったおばあちゃんからもらったネックレスをつける。お守り代わりだ。

さっそくパンフレット片手に会場をぐるりと回る。親子連れやカップルをメインに、会場は多くの人で賑《にぎ》わっていた。

「うわあ、さすが東京ナンバーワンカレー店、長蛇の列……！」

私はブツブツ呟きながらパンフレットにメモを落とす。食べたいけど、どうしよう。隣に大阪ナンバーワン！　なんて内心はしゃぎつつどれを食べようか物色していると、小さな悲鳴が聞こえた。

「ん？」

振り向くと、人混みの中でも明確に酔っ払っていると一目でわかる男性が、私と同年代の女性の手を掴《つか》んでいた。

「や、やめてください」

「うるさい！　ぶつかってきたのそっちやろうが！」

「そ、そんなことしてませ……」

私は目を見開く。女性と一瞬、目が合った。恐怖で潤《うる》んだ瞳――考える前に身体が動いた。

「嫌がっているでしょ！　やめなさい！」

酔っ払いと女性の間に割り込むと、酔っ払いは手を離して私を見下ろし、ふうっと私に向かって息を吹きかける。ぶわっと嫌なお酒の匂いがする。

「やめてくださいっ」

「関係なかろうもん、うるさかったい、このチビ。偉そうに。どけ」

かちーん！　ときた。酔っ払いとはいえ、言っていいことと悪いことがある。とりわけ〝チビ〟なんて対私では絶対に絶対に絶～対に使ってはいけない言葉だった。

「誰がチビですか！　どきません！」

「どけって。そこの女、ぶつかったっちゃけん、わかるやろ？　ん？」

私はお腹の奥で怒りが渦巻くのを覚えた。この人、酔っ払ってるだけじゃなくてお金とかまで脅《おど》し取ろうとしてる？

「彼女、ぶつかってないと言ってましたよ！」

「おいがぶつかったって言いよるっちゃけんぶつかったったい！　いい加減にせんね、チビ！」

「チビチビおっしゃいますけどね、酔っ払って周りに迷惑かけるあなたの度量のほうがよっぽど小さいんじゃないですか！」

眉を寄せ言い放つと、酔っ払いの顔がみるみるうちに怒りに染まる。一瞬怯《ひる》みそうになるけれど、膝にぐっと力をこめて唇を引き結んだ。だって私の後ろで、女性がぶるぶる震えているのがわかったから。

守ってあげなきゃと、おせっかいな心が騒ぐ。

酔っ払いは片眉をぴくりと上げた。

「なんねその目は！　お前に用はないったい！」

酔っ払いが手を振り上げる。さすがに——ぎゅっと目を閉じた。殴られれば、タダでは済まない。吹き飛んじゃうかも——なんて思ってた私の身体を、何か大きくて温かなものが包み込む。

そうして、ゴッという硬いものを叩《たた》いた音がした。

「……え？」

おそるおそる目を開くと、そこにあったのは白い壁だった。目の前に壁があった。え、なんで壁。首を傾げ視線をめぐらせると、壁の向こうで酔っ払いが自分の拳《こぶし》をもう片方の手で撫《な》でさすりながら「いてえ！」とわめいていた。

「大丈夫ですか」

壁が私を見下ろした——壁じゃない、鈴木さんだった。いつも通りの、強面系大型犬を連想させる優しい笑顔だ。少し肌寒いというのに薄手の長袖Tシャツにジーンズだ。

「え、鈴木さん。どうして……」

「どうしてって、カレー食いに来たんですよ。山口さんとこ、どこですか？」

爽《さわ》やかで人懐こい笑顔が、その精悍なかんばせに浮かぶ。

私はぽかんとした。鈴木さんは不思議そうに私を見下ろしている。

「……あの。鈴木さん」

「なんですか？」

「カレーフェスに白Tで来るのは結構チャレンジャーな気がするんですけど」

「わ！　ほんとだ！　やべ」

ははは、と鈴木さんは歯並びの良い歯を見せて屈託なく笑った。いやそれどころじゃない。ないんだけど……鈴木さんの明るい雰囲気に、心が解けてしまいかけて慌てて気を引き締める。

「あ、あの。酔っ払いがいてっ」

「知ってますよ」

鈴木さんは微《かす》かに目を細め、背中がちょっとだけゾワっとした。初めて見る目つき……。ていうか、そもそもさっきの「ゴッ」て音はなに……？

「クソ！　邪魔するなあ！」

酔っ払いがまた拳を振り上げ、鈴木さんに殴りかかろうとするのが、彼の分厚い身体越しに見えた。

「危ない！」

私は反射的に、酔っ払いと鈴木さんの間に入ろうとする。私を見下ろす鈴木さんの顔が驚愕《きょうがく》に染まるのがスローモーションのように見えた。

端正な眉目が、その目が、大きく見開かれて。

少しだけ色素の濃い瞳が、きらりと光るのが見えた——ような気がした。私はくるだろう衝撃に耐えようと、ぐっと奥歯を噛《か》み締める。

けれど、すぐにその分厚い身体に抱き寄せられ庇《かば》われてしまう。ハッとしてもがく。

鈴木さん殴られちゃう！

また「ゴッ」と音がする。今度は見えた。酔っ払いの拳が鈴木さんの二の腕に当たった音だった。

……あの、人体、殴られてこんな音する？

鈴木さんは顔色ひとつ変えることなく、眉を一ミリだって動かすこともなかった。ただまじまじと私の顔を覗き込んでいた。

「す、鈴木さん……？」

「ひい」と拳を真っ赤にした酔っ払いが、手を振る。なんだかとても痛そう。

そうして、ようやく駆けつけた制服のお巡りさんに羽交い絞めにされる。お祭りの巡回をしていて、騒ぎを聞きつけ駆けつけてくれたようだ。

「あ、あいつに手を！」

酔っ払いは鈴木さんを指さしわめく。

「なにがだ。見ていたぞ。あの人はお前に一方的に殴られていただけだろう！」

お巡りさんに怒鳴りつけられ、酔っ払いは唇をもごもごさせた。

私はハッとして鈴木さんを見上げた。じっと私を見続けていた鈴木さんはパチパチと目を瞬き、頬を緩める。

「山口さん。怪我《けが》はありませんか？」

「は、はい……鈴木さんこそ！　私のせいで、な、殴られてしまって……！　ごめんなさい！」

半ばパニックになり殴られたはずの二の腕に触れる。

「俺はまったく」

鈴木さんはけろっとした様子で袖をまくり笑う。だけどちょっと赤くなってる気がする。

「でも……」

申し訳なさに泣きそうになって、声が震えてしまった。鈴木さんがなんだかとても自然な仕《し》草《ぐさ》で私の目元を撫でた。

その指先にとてもホッとしてしまって頬を緩めると、鈴木さんも目元を和ませた。

「大丈夫ですか？　お怪我は」

お巡りさんの声にハッとする。

彼は眉を下げ、心配げな目線を私と鈴木さんによこしていた。視線を巡らせると、酔っ払いに最初絡まれていた女性も女性警察官に背中を撫でられホッとした様子を見せていた。それに安心しつつ口を開く。

「私はなんとも。でも鈴木さん……こちらの方が二回も殴られて」

「俺も平気です」

「本当ですか？」

訝《いぶか》しむお巡りさんに、鈴木さんは二の腕を曲げて力瘤《こぶ》を作り笑った。

「鍛えてますので！」

「そ、そうですか……」

お巡りさんは鈴木さんの筋肉思考に少々引き気味のようだった。鈴木さんはニコニコしている。――けど、ふと酔っ払いに顔を向け眉を寄せ険しい顔つきになる。

「いいか、酔っ払い」

酔っ払いは鈴木さんを恨みがましい目で見上げた。

「男の拳ってのは、誰かを守るためにあるんだ」

鈴木さんは酔っ払いに自分の手を見せ、ぎゅっと拳を作る。男性らしい、筋肉のついた手だ。

男だの女だの、そんなの時代錯誤だ。そう思うのに、なんだかキュンとしてしまって慌てて胸元を握る。そこでようやく、抱きしめられっぱなしだったと気がついた。

「あの、もう大丈夫です。そろそろ離し……」

「あ、すみません」

鈴木さんは慌てた声で言い、私からぱっと離れた。なのに視線は私に固定されたまま。

「あの……？」

首を傾げると、鈴木さんは目を瞠《みは》り、口元をその大きな手で覆《おお》う。何かに気がついたみたいな顔をしていた。

「鈴木さん？」

ついたじろいでしまいながら声をかけると、鈴木さんは掠れた声で呟《つぶや》く。

「……やばい、好きだ」

鈴木さんの瞳の光が、線香花火みたいにキラキラ弾《はじ》けた気がして目を瞬く。

「なにがですか？」

「山口さんが」

きっぱりと、はっきりと、聞き間違いなんかじゃないと絶対に断言できる口調で鈴木さんは言い切った。真剣な眼差しはまっすぐに私に向かっている。

「山口さんが好きです」

「……え？」

「結婚を前提に付き合ってください！」

がばっと両手を握られる。その瞳はキラキラしてて綺麗なのに、……どこかギラギラしているようにも見えて。

あ、これやばい。

はっきりとそう思った。

食べられる。捕食される――なんて、助けてくれた人になんというイメージを抱いちゃってるんだろう。でも痛いくらいに感じる。

この人に捕まったら、多分、一生逃げられないって、本能が警鐘を鳴らしている。

私は手を振り払い、全力で走り出す。

「あっ山口さん！　待ってください！」

……いや、走り出そうとしてできなかった。一歩目で捕まった。鈴木さん、なんて反射神経。

振り向いて肩越しに彼を見れば、その瞳はとってもキラキラしてなんだか眩《まぶ》しいものを見るみたいな嬉しげな顔をしている。ぶんぶんと人懐こく振られる尻尾まで見える気がした……。

こっちは必死だというのに。

それにしても肋骨の奥で暴れるこの鼓動は、一体なんなんだろう。実際に走ったわけでもないのに、全力で走りぬいたときみたいなドキドキだった。

『男の拳ってのは、誰かを守るためにあるんだ』

あの言葉を聞いてから、鈴木さんに守られてしまってから、私の心臓はなんだか変になってしまった。

きゅうっと胸が痛む。それは切なさに似ている気がして、自分でも戸惑って、慌てた。

「す、鈴木さん。放ぴて……」

放してと言いたかった。

慌てすぎて舌を噛んだ結果よくわからないゆるゆる系のキャラみたいな口調になった。けど鈴木さんは気にしてないみたいで、にこっと笑う。人懐こさがたっぷりと含まれた、裏なんてなさそうな笑顔。

そして、私の手を取ったまま彼は地面に片膝をついた。まるで私が童話のお姫様で、彼は騎士のように――手は軽く触れられているだけなのに、振り解けない。

どうして。

どうして頬が熱いの、どっどどって心臓が早鐘なの!?

「お願いします山口さん。俺と付き合ってもらえませんか」

「あ、でもあのその」

「全力で大切にします!」

鈴木さんはどこまでもまっすぐだ。どうしよう、耳の奥に心臓があるみたいに鼓動がはっきり聴こえてる気がする。顔どころか耳や首まで熱い。

何か答えなくちゃ。

お付き合いは無理ですって言わなくちゃ……そう思うのに、鈴木さんのまっすぐすぎる視線に思考が絡め取られて、心臓がうるさくて、うまく言葉が出てこない。

結局、言えたのは。

「お、お友達からなら……」

という、よくある文句だった。

なのに鈴木さんは飛び上がるみたいにして立ち上がり「よっしゃー!」とガッツポーズまで見せてくる。

「わ、あ、あああの」

「山口さん……いや、海結《みゆ》さん！　必ず幸せにします！」

私は目を白黒させているだろう。そして顔は真っ赤に違いない。

ていうか名前、知ってたんだ……。

大喜びしている鈴木さんをぽかんと見上げていると、「あのう」と背後から声をかけられた。

振り向くと赤田さんたち、いつものメンバーがいた。

「お、赤田！　見てたか？　俺結婚するわ」

思わずぐりんと首を動かし彼を見上げる。け、けけけけ結婚!?　いまそんなセリフあったっけ!?　私いつの間にＯＫしてたっけ!?

目をまんまるに見開いているだろう私を見て、「お前なあ」と赤田さんは呆れた声を出した。

「山口さんは『お友達から』つってただろ」

「そうだっけ」

「そうだよ」

「つまり前進したってことだな」

あっけらかんと明るく鈴木さんは言い放ち、私の手を再び握る。

「よろしくお願いします！」

そんなに明朗に告げられれば無視はできない。おずおず頷くと、鈴木さんは満足げに手を離した。

「い、一体どうしてこんなことに……」

思わず呟き、あたりを見回した。

そこでようやく、私たちは周囲の視線を集めていたと気がつく。……こういうの、苦手だ。目立つの。人から注目されるの。

私は昔からおせっかいなのだ。

……それで目立ってしまい、腫れ物に触るみたいにされることだってあった。

中学時代のわずか半年の辛《つら》かった出来事が脳裏をよぎり、慌てて頭から追い出した。ネガティブなことなんて思い出していいことはない。ないのに思い返しちゃう。とにかく「あの出来事」以来、目立つのは嫌いだった。

「あ、あの。じゃあ私これで……そろそろお店戻らなきゃ」

シュタッと手を上げにこっと笑い、すばやく歩き出そうとした私の前に壁が立ちはだかる。

「待ってください！　海結さん顔色悪いですよ」

当然ながらその壁は鈴木さんだった。マンツーマンディフェンスされてる気分。

「鈴木さんってバスケしてました？」

背、高いし。……ってこれは偏見か。

「いや、俺は野球ですね。キャッチャーです」

会話しつつさりげなく横をすり抜けようとするも、鈴木さんはにっこにこで譲ってくれない。

それどころか。

「お店まで送ります！」

「……や、でも」

さっきの公開告白を見ていた人たちがチラチラこちらを気にしているのがわかった。なんだか生ぬるい、応援してくるオーラを感じる……！　鈴木さんの快活オーラのせいだろう。なんか好青年感すごいのだ、この人。

目立ちたくないよう。

そう思っているのに、鈴木さんは全力で尻尾を振りながら……いやないんだけど、その幻覚を私に見せながらじりじり近寄ってくる。

「送ります心配なので」

「え？　いや、ほんとに大じょ……ひゃあっ」

私は背後にあった花壇の煉瓦《れんが》につまずいてしまう。間抜けな声を上げコスモスに突っ込みかけた私を、軽々と鈴木さんは抱き留めた。

「大丈夫ですか？」

「は、はい」

そのままひょいと横抱きにされる。

私はぽかんとしたまま運ばれる……え、あの、なに？　これお姫様抱っこってやつ……？

「す、鈴木さんっ」

慌てて脚をばたつかせるけれど、鈴木さんはどこ吹く風だ。

「海結さん、自分で気がついていてなかったかもなんですけど」

「は、はい」

「脚、マジで子鹿でしたよ」

「子鹿……？」

ぽかんと聞き返す。鈴木さんは「本当すみません」と声をちょっとだけ低くした。

「脚、まだ震えてました。だから今、転けたんですよ。俺がもう少し早く海結さん見つけてたら、そんな怖がらせなくて済んだのに」

自分に怒ってるみたいな声をしているのが、なんとなくわかった。表情がいつも通りなのは、私に気を遣ってだろう。

「す、すみません。じゃあさっきのも別にディフェンスされてたわけじゃなかったんですね」

「ディフェンス？」

鈴木さんは不思議そうに首を傾げた。

さっきの、通せんぼされたわけでもディフェンスされていたわけでもなく、震えてて転けそうなのを心配されてただけっぽい。

この人いい人なんだって改めて思う。

……思うけど！

チラッと周りを見回す。おばさまたちが「あらまあ」「よかねー、若かあ」なんて言っているのが聞こえた。

生ぬるい視線に見守られながら、加奈ちゃんが待つキッチンカーまで送り届けられる。

「海結！　ど、どうしたの」

窓から加奈ちゃんが顔を出して目を瞬く。

事情を説明すると、加奈ちゃんは外に出てきて鈴木さんに頭を下げた。

「従妹がお世話になりました。ええと、海結立てる？」

「あ、うん」

答えたはいいものの……微妙に脚に力が入らない。結局、キッチンカー横の椅子《いす》に座らせてもらった。簡易テーブル付きだ。

「鈴木さん。本当にありがとうございました。腕は……」

「本当になんともないんですよ」

「……もう一回めくって見せてもらえます？」

鈴木さんは不思議そうにTシャツの袖をまくる。鍛えられた日焼けした太い腕にはもう殴られた跡もない。

「筋肉ってすごい……」

思わず目を丸くすると、鈴木さんはお日様みたいに笑った。

「あの酔っ払い、ふらついてたんで腰まったく入ってなくて。まあ入ってたとしてもですけど」

ははは、と朗らかに鈴木さんは肩を揺らし続けた。

「また警察の方が話聞きにくるそうなので、俺しばらくここいます」

そう言いながら鈴木さんはキッチンカーのメニューに目を走らせる。

「おすすめってどれですか」

「あ、シーフードが一番人気あります」

そう答えると、鈴木さんはとても嬉しそうに「了解です」と加奈ちゃんに大盛りのシーフードカレーを注文する。そして受け取るやいなやすぐに私のところに戻ってきて、横に座った。

「あ、横いいですか⁉」

カレースプーン片手に、ニカッ！　と笑ってくる鈴木さん。

いいもなにも、すでに座られている。この場合「いやです」とか言える人いるのかな……それもこんな好青年相手に。

私が曖昧《あいまい》に頷くと、鈴木さんは「嬉しいです！」ととても快活に頬を上げた。白い歯が眩しい、歯並びがいい……私はなんだか気が遠くなるのを感じつつちらりと鈴木さんの様子を窺《うかが》う。

彼はテーブルの上にカレー皿を載せ「うまそう」と呟く。思わず「そうでしょ？」と相槌を打ちたくなる。こだわりの香辛料たっぷりのルーに具材、お米まで厳選しているのだ。

「いただきます！」

鈴木さんは手をぱちんと合わせ明朗に叫《さけ》ぶと、ぱくっとカレーを口にした。それから目を見開き私を見る。ついニンマリしてしまった。

だって全身で「うまい！」って言ってくれてる。

「うわ、これめちゃくちゃうまいです！」

鈴木さんはバクバクとカレーを食べ進める。私はその様子をウキウキしながら見つめた。料理人たるもの、自分の料理をここまで美味しそうに食べられれば本望すぎて緩んだ顔にもなるだろう。なんだか胸の奥がほっこりしてしまう。

それにしてもいい食べっぷりだ。見ていて気持ちいい。豪快な食べ方だけれど、本当に綺麗に食べる人だ。白いTシャツを着ていたのは普段から汚さないせいなんだろう、なんて思ってまた好感度が上がる。

好感度？

私は目を瞬き、すでにカレーを食べ終わろうとしてる鈴木さんを見つめた。私さっき、この人に告白され……。

ぼぼぼと頬に熱が灯る。絶対に頬が赤くなっているはずだ、こんなの。両手で頬を覆った。

好感度だなんて、そうじゃなくて！　人として、人としてのね！　人間としての好感度が
……そういう意味でだからね！

ひとり脳内で誰に対してかもわからない言い訳をする。そう、人として。男性としてじゃなくて！

そう思うのに頬がさらに熱くなる。ああもうやだ、さっきまで鈴木さんに対して「いい人」以外の感情なかったじゃない。

チラチラと鈴木さんの横顔を見てしまう。端正なのは知っていたけれど、改めてこう見てみると本当に整っている顔つきだなと思う。すうっと通った鼻筋、ややいかつめで精悍な眉目、意志の強そうな少し大きめの口。

「どうしたんですか？　俺の顔なんかついてます？」

パッとこちらを向き、鈴木さんが不思議そうにする。

「わあ、いえいえ、なんでもっ」

私はごまかすように両手を振った。そんな私に鈴木さんはニカッと笑う。

「いやでも、カレー、マジでうまかったっす。ごちそうさまでした！」

「あの、こちらこそありがとうございます」

私は少ししどろもどろになりながら伝えた。

「そんなふうに美味しそうに目の前で食べてもらえて、とっても嬉しかったです」

「いや、だってマジでうまいですもん！」

「え、そんなにうめーの？」

真横から声が聞こえ、顔を上げれば立っていたのは赤田さんたちだった。よっす、と青林さんに手を振られおずおずと振り返す。

「うまいよ。うまいなんてもんじゃない、すげえ。やばい。ほんと食ったほうがいい」

鈴木さんがあまりにも真剣にそう言ったものだから、逆に信憑性《しんぴょうせい》がないと判断されたみたいだった。赤田さんと青林さん、黄瀬さんは顔を見合わせた。

「鈴木は山口さんに惚《ほ》れてるからなあ〜」

「つうかなんだその、いい歳して現代の若者は語彙力《ごいりょく》がありませんのお手本みたいな褒《ほ》め言葉は。アラサーだろうがしっかりしろ」

なんて言いながら赤田さんたちもカレーを注文してくれた。そして。

「うめー！」

「やば！」

「これは飲み物！」

私が嬉しくてにまにましながら彼らを見つめていると、横から視線を感じる。鈴木さんだった。

「あの？」

「……や、海結さんってあれですか、あの信号のどれかがタイプだったりします？」

「信号……？　あ、赤青黄だから？」

「ですね。俺合わせて四人同じ隊なんですけど、上官にいつも『鈴木と信号』って呼ばれてます」

「あは、なんかお笑い芸人のコンビ名みたいですね」

「あ、海結さんお笑い好きですか？」

「詳しくはないんですけど」

「誰とか好きです？　よかったら今度……」

「えー、ふたり仲良さそうじゃん！」

鈴木さんと雑談していると、加奈ちゃんが嬉しげに話に入ってきた。

「そ、そんなこと」

「そうですか⁉　そう見えます？」

「うん。ていうか、あなた鈴木さんだよね。海結が時々話してるよ」

鈴木さんは「いやあ照れます」なんて言って……というか、本当に照れているようだった。

「え」

鈴木さんは勢いよく立ち上がり、私と加奈ちゃんを交互に見て「まじですか？」と大きな手で口元を覆った。目元がほんのり赤い。やっぱり本気で照れているらしい……って。

「ち、違います、ただあの、鈴木さんがですねあの」

人としてとても好感が持てると、そんな話はさっきしていたけれど！

加奈ちゃんはニンマリした。昔から人を揶揄《からか》うのが好きなのだ。

「すごくいい人〜とか、話してて楽だとか」

「え、結構俺、海結さんから感触よかったりしてます？」

「その反応的に鈴木さんって海結にラブ？」

「ラブですね！　さっき告白しました！」

ごまかすことなく、むしろ胸を張り鈴木さんは答えた。加奈ちゃんはピョンと飛び手を叩く。

「ほんとー⁉　よかったじゃん海結〜！　付き合った？」

「や、お友達からだそうです」

「え～付き合っちゃえ～」

加奈ちゃんはニタニタしている。楽しくてたまらないときの目つきだ……ああもう！

私は加奈ちゃんがまた『ヤってみたらあ？』とか言い出さないうちに立ち上がる。すでに震えも治っていた。

ちら、と鈴木さんを見る。「よかったっす」と精悍なかんばせを優しく和ませた彼にまた胸の奥がキュンとなって、改めてお礼を言って目を逸《そ》らした。だってなんだか息苦しい。

キッチンカーに戻るやいなや、お客さんが押しよせてきた。というのも、ただでさえ身体が大きくて声も大きくて目立つタイプの『鈴木と信号』の四人組が「うまい！　うまい！」とうちのカレーを食べまくってくれたのだ。そんなに美味しいなら、とお客さんが足を止めてくれたというわけだった。

「うわーほんと最高！　これは売上過去最高を叩き出すかもっ」

加奈ちゃんは目に涙を浮かべんばかり。

「海結、絶対鈴木さんと付き合って。そんで毎回出店するたびにあのメンバーで食べに来て！」

「もう、お仕事もあるしそんなわけにいかないでしょ」

「あれその反応、付き合う前提？」

加奈ちゃんは女子が絶対にしてはいけない、親指を中指と人差し指の間に挟むハレンチなハンドマークを見せてくる。

「か、加奈ちゃん！　そんなの女の子がしちゃだめっ」

「もー、堅苦しいなあ海結」

「加奈ちゃんがゆるゆるなんだよ」

「失礼な！　結構締まりはいいほうなんです〜」

べえっとしてくる加奈ちゃんの言う締まりがなんなのかよくわからないままにカレーをよそい続け、そうしてなんとラストオーダー三十分前に品切れとなった。あたりはすっかり薄暗い。公園の街灯と、イベント用の照明で明るいけれど。

「こんなの初めて！」

加奈ちゃんと『売り切れ』の札をキッチンカー前に出しながらはしゃぎ合う。半年やってて初めての完売だった。

「おつかれさまです」

背後からの声に振り向けば、立っていたのは鈴木さんだった。お巡りさんもいて、軽く目礼される。その横にいたのは酔っ払いに絡まれていた女性だった。

「いま近くの交番で書類作成が終わったところなんです」

お巡りさんの言葉に私は目を丸くした。酔っ払いとトラブルがあったのは十四時前くらい。

いまはもう十八時近い……。そんなに時間がかかるものなの？

どうやら鈴木さんも殴られたということであのあと呼び出され、調書を作るのに二時間くらいかかったみたいだ。お巡りさんと少し話したあと「ありがとうございました」と女性に言われ、私はなんだか泣きそうになる。

まるであのときみたいだ。

中学生のとき、おせっかいにも首を突っ込んで……。ずきっと胸が痛む。

「すみません逆に。こんなに時間かかって、かえってご迷惑をおかけしましたよね。私があんな喧嘩《けんか》腰じゃなければ、穏便に済んでたのかも」

「そんなことないです！　お姉さんがいらっしゃらなかったら、わたし、殴られたり、いろいろされてたと思います」

女性に感謝されればされるほど、申し訳なくなってしまう。なんだか変な情緒のまま話をして別れた。

「大丈夫ですか？」

ひょい、と鈴木さんが顔を覗き込んでくる。

顔を上げる。鈴木さんの表情は、ライトの逆光でよく見えない。

「……大丈夫ですよ」

なんだか声が掠れてしまった。きっと情けない顔をしている……目の奥が熱い。顔を背けると、鈴木さんがオロオロと私の手を取る。

「大丈夫って顔してないんですが！」

私はうまく答えられない。声を出したらしゃくりあげてしまいそうで。

「あの、ちょっといいですか」

頷く間もなく、鈴木さんに手を引かれる。連れて来られたのは公園の隅っこのほうだ。イベント会場のある大きな芝生エリアではなく、隣接した小さな広場。小さい子用のゾウを模した低めの滑り台だけがある。私の背より少し低いくらいだ。

「座りましょうか」

鈴木さんは「ベンチないな」と悩んだあと、私をゾウの滑り台の上に座らせる。脇の下をひょいと持ち上げて、子供を座らせるみたいに軽々と。

目を丸くしている私に、鈴木さんはにこっと笑う。またお日様みたいな笑い方だ。なんかそれをされるとドキッとするから困る。

鈴木さんは「今日は大変でしたねえ」と目を細めた。

「あ……はい」

「でも俺は海結さんへの気持ちに気がつけたからよかったかな」

じいっと目を見たまま言われ、小さく息を呑《の》む。鈴木さんの少し色素の濃い瞳はまっすぐで、なんだか内心を見透かされている気分になった。

「好きですよ」

鈴木さんはゾウの耳のところに腕をつき、身体をかがめ下から私を見上げて目を細める。

……この角度で見ると、鈴木さんが案外とまつ毛が長いのだとわかった。

「すっごく好きです」

続けて言われぶわわわわと熱が頬に集まる。私は慌てて目を逸らし、三角座りになって「あのう！」と声を上げた。

「あんま急にそういうのやめてもらっていいですか！」

「予告したらいい？」

「予告ってなんですかあ」

なんだか情けない声になった。鈴木さんは困ったように眉を下げつつも私から目を離さない。

「でも好きだから好きって言ってしまいます」

なにも返せない私に、彼は続ける。

「だから、好きな人が苦しそうだったら心配になってしまいます」

私は思わず息を止めた。鈴木さんはじっと私を見上げたまま……私はふう、と息を吐《は》いた。

「心配かけて、すみません」

「いやまあ、俺が勝手に心配してるだけなんですけど」

「……巻き込んじゃって、すみません」

「巻き込まれてないですよ。俺は俺の意思でしか行動してないです」

秋の海みたいに、穏やかな鈴木さんの声。

気がつけば、するりと言葉が零《こぼ》れていた。

「私、おせっかいなんです。小中くらいのとき、いませんでした？　そういう余計なお世話焼いてくる女子。私、思い切りそれで。中学のときに学校で浮いちゃって」

私は自分の手に目線を落としつつ続けた。

少し離れた芝生エリアから、音楽や喧騒《けんそう》が風になって流れてきている。鈴木さんは黙ってじっと私のそばにいる。

「この間、転校ばっかだったって話しましたよね。そこの中学にいたのも半年くらいだったかな。とにかくその転校初日に、私、同じクラスの男の子がいじめられてるのに遭遇して」

音楽を乗せた秋の風が頬を撫でる。少しだけ肌寒い。

「っていっても、実際はいじめってわけじゃなかったみたいなんです。いじられキャラっていうか……本人も別に気にしてなかったみたいで。私が偽善たっぷりの正義感で『やめなよ』って言ったときの、シンとした教室の気まずい雰囲気、いまだに覚えてます。水を打ったように静まり返るってああいうことですよ、あはは」

あえて明るく笑いながら顔を上げた。鈴木さんは真剣な顔で私を見つめ続けている。

「はは……は……」

鈴木さんがちっとも笑ってくれなかったせいで、中途半端な笑い方になってしまった。私はこほんと咳払いをして続ける。

「まあ、そんなで。転校までの半年間、浮きに浮きまくってしまって。とばっちりで、いじられてた子まで浮いちゃって。申し訳ないやら恥ずかしいやらで」

もうぼんやりしてきたあの男の子の顔を思い返す。私より小さくて、おとなしい子だった。私のせいで友達なくしちゃった……。

「その、まあ、それ以来、なんとなくおせっかいで他の人に迷惑かけたりしないように気をつけてるつもりなんです。なのに時々、やっぱりこういうこと起こしちゃうんですよね」

はあ、と肺の底からため息を吐き出す。

「あのお姉さんだって、私が変に騒ぎ出さなきゃあんなに長い時間警察で調書なんて取られずに済んだわけで」

「――海結さん」

「なんですか？」

呆れられたかな、と苦笑しながら顔を上げると、鈴木さんはとっても真剣な顔をしていた。

「海結さんは正しい」

「え。でも」

「過去のことはわかりません。直接見聞きしたわけじゃないし。ただ、今日に限っては海結さんはヒーローだった」

「や、違うんですって」

「あの酔っ払い、痴漢の常習らしいです」

「え？」

「気弱そうな女性にああやっていちゃもんつけて、人けのないところに連れ込むって手口。今日、海結さんがそのおせっかいとやらを焼いてなかったら、あの女性も同じ目に遭っていたかも」

私はゾッとして口を押さえた。

「あなたがあの人を救ったんですよ。それはね俺、誇《ほこ》っていいと思う」

「誇って……」

「というかですよ！　余計なお世話したっていいんですよ！　海結さんみたいな人のこと放っ

ておけない人が世の中には絶対必要で、それで海結さんが傷ついたら俺が全力で癒《い》やします！　なんで胸を張って！」

鈴木さんはゾウの耳から手を離し、背筋を伸ばし分厚い胸板を張って自信満々に私を見下ろす。

「好きなだけおせっかい、してきてください！」

私はぽかんとして、それから「ふふふ」と笑った。目尻からぽろんと涙の粒が溢《あふ》れる。

それを鈴木さんは親指の腹で拭《ぬぐ》ってくれた。優しい人だと思う。それにしたって。

「好きなだけおせっかいしてこいだなんて、初めて言われました」

くすくすと肩を揺らしてしまう。私が笑うところを見ていた鈴木さんは、ようやく安心したように目を細めたのだった。


そこからは、日常が戻ってきた。

……日常というか、なんというか。

「あっ海結さん！　偶然ですね！」

市内で一番繁華な駅近くにあるショッピングモール。

ここは海のそばに建っているため、なんとなく散歩するだけでもいい気分転換になる。そんな埠頭に面した茶色い煉瓦敷きの広場で、大きな溌剌《はつらつ》とした声に呼び止められた。

頬を撫でる秋の終わりの海風を感じつつ振り向けば、鈴木さんが満面の笑みで私のほうにかけてくるところだった。

彼は小走りのつもりかもしれないけれど、なにしろ大きい。身長が百八十センチ半ばあるし、体重も全身にまとった筋肉のぶん重いだろう。なのにとっても速い。そんな彼が軽やかに駆け寄ろうとしても無理なのだ。もはや野生動物の突進に近いものがある——当然、目立つ。周囲の好奇心たっぷりの視線に内心で「ひい」と悲鳴を上げつつ、にこりと笑った。

私のそばまで来て、鈴木さんはとても嬉しそうに頬を上げている。尻尾とか耳とか見えそうなレベルで喜んでいるのがわかった。

「お買い物ですか？」

鈴木さんは長袖の無地Tシャツにジーンズ、ざっくりしたカーディガンといういでたちだった。カーディガンが増えたのを除けば、この間のカレーフェスと変わらない服装だ。シンプルなのにとてもかっこよく見えるのはどうしてだろう。なんだかキラキラが見える気すらするし、精悍な眼差しが私に固定されているのもすごく嬉しい。心臓がドキッと高鳴り……高鳴り？

私はようやくそこで正気に戻り、熱くなっていた頬をはたく。

「海結さん!? どうしたんですか！」

「なんでもないです。蚊がいる気がして！」

「自分の頬の蚊、見えます？」

「視界が広くて……」

「すげ」

素直に納得されてしまった。

「つか、まだこの辺にも蚊、います？」

「いました」

十一月の終わりなのは気にしないでほしい。

私はこほん、と咳払いをして話を変えることにした。

「あー。あの、今日は買い物っていうか、ぶらぶらしにきただけなんですけど」

私はテイクアウトしたばかりのホットのチョコレートドリンクを彼に見せる。鈴木さんは目を瞬いた。

「うまそう。甘いのも好きなんですね」

「まあ人並みには。鈴木さんはお買い物ですか」

「や、近くの接骨院に」

そう言って肩をぐるぐる回す。

「まさか、この間殴られたところ？」

悪くなったのかと心配になり眉を寄せると、鈴木さんはぶんぶんと首を横に振る。

「それは本当に違います。単純に仕事中に肩打って」

「大丈夫なんですか？」

ちょっと心配になる。人に殴られても平気にしてた鈴木さんが、病院に通うくらい痛く思ったなんて。なのに鈴木さんは嬉しげに「うわ」と頬をゆるゆるにする。

「俺いま、海結さんに心配されてます？　めっちゃ嬉しい……」

私の心配をよそに、鈴木さんは唇をニマニマさせていた。むっと睨《にら》むと、慌てたように彼は両手を軽く上げる。

「や、すんません。でもほんとこれも大したことなくて。目ぇ瞑《つむ》って水に沈んだコンテナから脱出する訓練があるんですけど、前のやつがミスって溺《おぼ》れかけて。それでそいつ抱えて脱出したら肩ぶつけてて」

「……ごめんなさい、どうして目を瞑って？」

そもそもなぜ水中に沈んだコンテナから脱出しないといけないのかもわからない。あ、と鈴木さんは苦笑した。

「すみません、海結さんに会えてテンション上がりすぎて説明端折《はしょ》りすぎました」

「あ、いえ。そんなことは」

「俺のいる部隊は、なんて言えばいいかな……水陸両用車ってわかります？」

どちらともなしに歩き始めつつ、そう聞かれて頷いた。

「はい、わかります。観光で乗ったことある」

市内にあるテーマパークでも乗れるため、そんな車があるのは知っていた。小型のバスみたいになっていて陸地も走れるし、水の上も船のように進むことができる。その話をすると、鈴木さんは「それです」と笑った。

「水陸両用車に乗ってるんですか？」

ていうか、あんなの自衛隊持ってるんだ？

「そうですね。俺、ヘリにも乗るけど。まあ、うちのはタイヤじゃなくてクローラーみたいになってるんですよ。なんで、段差も一メートルくらいなら乗り越えて進める感じの……イメージつきます？」

「ああ、なんとなくは」

ふわんとイメージしたのは、海の上を走る戦車だった。そもそも、私の陸上自衛隊に対するイメージは戦車と銃しかない。多分、ちょっと……いや結構違うんだろうけれど。

「まあ、観光用みたいな素敵な窓はないですね。で、それが沈んだときの訓練があるんですよ。

似たような形のコンテナをプールに沈めて、クレーンでぐるぐる回してはい脱出～って言われるんですけど、これがねえ～キツイんですよね～」

鈴木さんは腕を組んで眉を寄せ、私はあんぐりと口を開けた。だって話を聞いてるだけできつそう……というか、私には到底耐えられないだろう。

「その。目を閉じないといけないのは、塩水だからですか？」

「いや、沈むときって燃料の油とか流れ出してる可能性が高いから、それ想定です。失明しちゃうんで」

「えっと、それ。脱出できるイメージがつかないんです、けど……」

私は目を瞬き、なんだか落ち着かずホットチョコレートをひとくち飲んだ。

わかったのは、鈴木さんは訓練でコンテナに乗せられ水に沈められぐるぐる回された挙げ句目を閉じたままコンテナから脱出しないといけないということだけだった。

話の雰囲気的に、脱出口が大きくて浮かべば出られるみたいなものではない。肩をぶつけるような、そんな狭い箇所から手探りで出ないといけないみたいだし。

「だから訓練するんです。訓練でできないことって、本番じゃ絶対できないんで」

本番、と聞いて心臓が一瞬、本当に一瞬、凍った気がした。おじいちゃんの離島の奪還という言葉が甦《よみがえ》って、あまり世界情勢だとかニュースだとかに詳しくない私でも心配になってしまう。でも私がとやかくいうことじゃないだろう。これは彼のお仕事の話なのだし……私、彼女でもないし……。

チラッと鈴木さんを見上げる。晩秋の絵の具が溶けたような空を背景にして、鈴木さんは不思議そうに私を呼ぶ。

「海結さん？」

「や、その……なんで自衛隊入ったのかなって。そんな怖い思いしないといけないのに」

「あー……俺、山狩りされたことあって」

鈴木さんに誘われる感じで、ベンチに座る。ちょうど埠頭が見渡せて、気持ちがいい。

それにしても……。

「あの、山狩りってどういう」

「はは。キャンプしてて迷子なったんです。遭難っていうか。低学年ときかな。もう夕方になってて、それで派遣命令出たと思うんですが」

鈴木さんは、自衛隊は各都道府県知事の要請がないと動けないのだと教えてくれた。

「たまにあるんですよ。山の捜索とか、ドクターヘリ飛べないときに代わりにヘリ飛ばすとか」

「へえ」

「まあそれで、俺、救助されたんですよね。陸自の隊員に。それを高校の将来の進路決めないととなったときに、ふと思い出しちゃったんです。んで、何気なくチホン……あ、なんか街中に『自衛官募集！』って看板出てる謎の建物あるじゃないですか」

「はいはい」

「あそこに行ってみたらですね、気がついたら逃げられなくなってたんですよね……」

鈴木さんは微かに遠い目をした。

「帰宅したらいるんですよ。満面の笑みで、担当の職員が」

「わあ」

変なリアクションになった。それは多分、逃げられない。

「ただまあ、性に合ってたみたいです。筋肉つけていいし」

「つけちゃいけない仕事、そうそうないとは思いますけども」

ていうか、鈴木さん。致し方なく鍛えてるんじゃなくて好きで筋肉鍛えてるんだ……。

「ま、そんな感じです」

「ですかあ……」

ちびちびとホットチョコレートを飲みつつ、鈴木さんを見上げた。鈴木さんはにこっと笑う。

強面で精悍なかんばせに浮かぶ人懐こさ。

「……鈴木さん。腕。お大事にしてくださいね」

「はい！」

元気よく尻尾を振られている気分。なんだかこちらまで気分が柔らかくなる。笑い返すと、鈴木さんの瞳に明確に嬉しいという感情が灯ったのがわかる。

こうもストレートに愛情を向けられるのが初めてで戸惑い、視線を海に向けた。晩秋の陽射しが海を煌めかせている。嗅ぎ慣れた潮の香りが漂う。

中学以来、なんとなく、人間関係は広く浅くを心がけてきた。それで、恋愛もなんとなく怖くてできなかった。だって、おせっかいなことして嫌われたら……？って。

でも、鈴木さんは好きなだけおせっかい焼いていいって言ってくれたんだよな……じゃあ少なくとも鈴木さんには、おせっかい焼いていいわけだ。

なんて思って、慌てて浮かんできた感情をかき消そうとした。同時に「ん？」と思う。

かき消す必要は一体どこに。

「あれ？」

「どうしたんですか、海結さん」

「あ、な、なんでもっ」

私は頬が海風で冷えますようにと願う。でも多分、ううん絶対、すっごく赤い。

「俺、海結さんの『なんでもない』、めちゃくちゃ心配になっちゃうんですよねー……なんでかな。好きだからですかね、やっぱり」

わぁあ！　と叫びたくなる。もう、不意打ちで「好き」とかほんとやめてほしい……！

「あ、あの。なんでもないんで！」

私はそう叫びながらホットチョコレート片手にベンチから勢いよく立ち上がり、煉瓦《れんが》の上をブーツで踏みしめ一気に逃げようと……して、また捕まった。今度は手を掴まれたとかじゃなくて、上半身を軽々抱えられて。

「ひゃ、ひゃぁあ」

「海結さん、大丈夫ですか？」

私は思い切りこけそうになっていたのだ。鈴木さんの前だとこけるキャラみたいになってってすごくやだ……！

「わ、私。普段はこんなこけたりなんかっ」

「知ってますよ？　船でふらついてないし」

あ、鈴木さんも普段水陸両用車に乗ってるから船でも慣れた感じだったんですね――なんて今更ながらに思い至った。いやまあそれはもう置いておいて。

背中に当たってる鈴木さんの逞しい胸板。お腹に回ってる筋肉質な腕、体温がひどく熱く感じて……だめだ、頭の中ぐるぐるだ！

「ほ、ほんとになにもないんです！　ないんです～！」

私は彼を振り払い、今度こそ逃げ出す。鈴木さんは追ってこなかった。晩秋の海風がぴゅうぴゅう音を立てていた。


とにかくもう、考える時間が必要だ。

そう思うのに、鈴木さんのことを考えると、どきどきして思考がまとまってくれない。

『それは恋よ、恋！　初恋おめでとうっ』

加奈ちゃんなんかは気楽にお祝いしてくれたけれど、そういう問題じゃない。

『じゃあ何が問題なの』

『私にもわかんないよ』

『じゃあとりあえずヤってみ……』

『ません！』

わが従姉ながら、そのノリは心配になってしまう。

こんなとき、おばあちゃんが生きててくれてたならなあ、って思う。

私はおばあちゃん子だ。小さい頃は長期休み、こちらに預けられっぱなしだったのもある。

とにかく可愛がってくれる、優しい人だった。

中学生や高校生になっても、嫌なことがあるといつも電話してしまう私の話を、忙しいだろうに何時間でも話を聞いてくれた。

そんなおばあちゃんの死に目に、私は会えなかった。おばあちゃんが亡くなったのは、私が高校三年生の春。危篤の知らせを聞いて、当時住んでいた仙台《せんだい》から慌ててこちらに帰ってきたのだけれど、間に合わなかった。

『これ、海結ちゃんにって、おばあちゃんが』

おばあちゃんが形見に残してくれたのは、バロックパールのついたネックレスだった。いまお守り代わりにしているネックレスだ。

真珠というと三重《みえ》県をイメージしがちだけれど、意外にも長崎は全国トップクラスの真珠の生産量を誇っている。三重、愛媛《えひめ》、長崎が三大生産地なのだ。

そんなわけで名産でもある長崎産の真珠をおばあちゃんはとても大切にしていた。私に遺してくれたのも、そのひとつだ。形がちょっとハートに似ていて、小さい頃『みゆにちょうだい！』と欲しがった。

『海結ちゃんが大きくなったらプレゼントしてあげるからね』

そう言って私の頭を撫でてくれたおばあちゃんの手の温かさを、いまだに覚えている。

おばあちゃんなら、なんて言うかな。

その人に会うとドキドキするの、なんて言ったらおばあちゃんは……。

「まあそんなわけで、おじいちゃん病院行こ？」

加奈ちゃんの声にハッとして顔を上げる。

港にほど近いおじいちゃんの家、その仏間でおじいちゃんは眉間にめちゃくちゃ皺を寄せて唇を引き結んでいた。

「もー、おじいちゃん。そげんはらかいたってしょうがなかろうもん」

いまは、加奈ちゃんのお母さんがおじいちゃんを病院に連れて行こうと説得しているところなのだった。昨日、腰が「びきっ！」といったらしい。そういうの言わない人だけど、漁師仲間から『山口さん変だ』とわざわざ叔母さんに連絡が入ったほどだ。

結局、あまりにも説得に応じないため、加奈ちゃんと私まで呼び出されたというわけです。

「せからしか。大したことなか」

「腰は気をつけないとだよ、おじいちゃん」

加奈ちゃんが叔母さんに加勢する。私も「そうそう！」と口を揃《そろ》える。

「お昼からの釣り船も、任せて！　免許も取ったしなかなか操船上手って言ってくれたじゃん。鈴木さんたちだから、いざとなったら手伝ってもらえるはず」

言いながらドキッとはしたのだけれど。鈴木さん、この間急に逃げちゃったから怒ってないかなあ。変に思ってるかなあ……。

……なんて思いつつ、いざ出航という段になり私は固まっていた。

だって今日の釣り船、参加するのが鈴木さんだけになっていたのだから。

「し、信号の皆さんは……⁉」

「おじいさんが今日いないと聞いて、赤田は腹痛、青林は頭痛、黄瀬は持病の癪《しゃく》が」

「持病の癪なんか時代劇以外で初めて聞きましたけど⁉」

「逆に聞くんですけど、癪ってなんですか」

「知らないけど、時代劇では美女はたいてい持病の癪を患ってるんですよ！」

おばあちゃん子だから知ってる豆知識。一緒に衛星放送の時代劇専門チャンネルを見まくってた時期があるのだ。

鈴木さんはスマホをいじって「盲腸とからしいですよ」とのんびりした口調で教えてくれた。

「じゃあ黄瀬さん病院行かなきゃ」

私は呆れつつそう答えた……だって、どうみても言い訳！　鈴木さんも困り顔だ。

どうやら信号の皆さんは私……というか鈴木さんに気を遣い、ふたりきりになれるよう画策してくれたようだった。

鈴木さんは意を決したように顔を上げ、「あの」と言う。

「海結さんが嫌でなければ、俺、釣り行きたいです」

「……そりゃ、お客さんに言われたら船出さないわけにはいかないです」

私は苦笑して肩をすくめた。まったく、まだ自分の感情もわけわかんないっていうのに。

とはいえ、鈴木さんは今日も今日とて釣れないのだ。ポイントが悪いのかと私が釣り針を垂らしてみれば、一瞬で爆釣。

「い、一体なにがどうして鈴木さんは釣れないのでしょう……!?」

潮風と、私が釣ったビチビチ跳ねる活きのいい高級魚キジハタと、ディーゼルエンジンの微かな軽油の匂い。

「いやあ、俺もわかんないんですよねー」

あっけらかんと鈴木さんは言い、相変わらずのんびりと釣り竿を垂らしている。

「ううん……根掛かりとかしてないですよね？」

根掛かりとは、海底の岩場などに釣り針が引っかかってしまうことだ。鈴木さんは首を振る。

「いえ。ただひたすら単純に、俺の釣り針に魚が引っかからないだけです」

「逆の才能がすごすぎる」

私は鈴木さんの横に並び、海面を覗き込んだ。いやほんと、そろそろ釣らせてあげたい。自分の釣ったお魚、捌《さば》いて食べさせてあげたい……！

手すりに手をついて、透明で青々とした波間に身体を乗り出した瞬間。

ふ、と首を何かすり抜けていくのがわかった。あっと思ったときにはもう遅い。

おばあちゃんのネックレス！

私は手を伸ばす。指先をチェーンが掠めて、そのまま波に飲まれる。波に飲まれてもすぐに沈まず、漂っている。バロックパールが波間でゆっくりと沈みながらゆらめき、きらりと輝いた。透明度の高い綺麗な海だから、はっきりとそれが見えて……。

「あ」

情けない声が出た。半泣きになっている私の横で、鈴木さんが竿を固定して立ち上がる。

「鈴木さん？」

ハッと見上げた私の横で、鈴木さんはライフジャケットを点検し「よし」と呟いた。

「え？」

「大丈夫です、まだ見えてる」

ニカッと笑いそう言うやいなや、鈴木さんは——鈴木さんは、海に飛び込んだ。悲鳴すら出ない。水飛沫が顔にかかった。海の味がする。

このあたりの海は、まだ温かなほうだ。けれど海水温は十五度ほど。一時間もすれば低体温症を起こすような、そんな水温だった。

「鈴木さん！　だめ！　戻ってきて」

手すりを掴み叫ぶ私の目の前で、数メートル泳いだ鈴木さんが手に何かを掴みぶんぶんと手を振っている。私はそれどころじゃない。

浮き輪を投げ入れようとパニック状態で船上を探す私の耳に、ざばあっという音が聞こえた。船の後方にある梯子《はしご》から、鈴木さんは余裕のある雰囲気で上がってきて、まっすぐに私のところに歩いてくる。

呆然《ぼうぜん》とする私の手を取り、彼はネックレスを手のひらに載せてくれた。

「これですよね？」

「……あ」

「いやあ、よかったです、沈んでなくて！」

短い髪の毛から、ポタポタと海水が滴り落ちる。私は手のひらに真珠のネックレスを載せたまま、ゆるゆると首を振った。

「海結さん？」

「っあ、す、鈴木さん。私、私は」

「はい」

「鈴木さんの命のほうが大切なので、もうこんなことしないで」

それだけをなんとか伝える。ぼたぼたと涙が溢れていくのがわかった。涙の膜の向こうで、鈴木さんがギョッとしたのがわかる。

「み、海結さん!?　どうしたんですか……」

「鈴木さんのばか。あれで、こんなことで死んじゃってたらっ」

「え、あ、いや、この辺訓練でよく使う海域で潮の流れとかも知ってて、その」

「訓練のときは装備とかつけるでしょ!?」

ウエットスーツなりなんなり、着用するんじゃないの？

「あああ、三十キロくらいは銃やらなんやら装備担ぎますけども。いやあ、装備ないと動きやすいな～なんて……えっと……」

鈴木さんはとにかく狼狽《うろた》えている。私もいろんな感情がないまぜになって、うまく言葉が続かない。

「海を舐《な》めないでください」

きっと海については、鈴木さんのほうが知ってる。何言ってるんだって呆れられるかもしれない。釣船屋のアルバイトふぜいがなにをと思うのかも。

それでも。

「私、鈴木さんに何かあったら、やだ」

ぐちゃぐちゃになっているだろう顔で、なんとかそう伝える。鈴木さんが「ぐ」と息を呑むのがわかった。男性らしい首の、くっきりとした喉仏が微かに動く。

鈴木さんは私の手をぎゅっと両手で握り、それを自分の胸に当てて「はい」と掠れた声で、でもはっきりと答えた。

「わかりました」

いつも以上に精悍な眉目。まっすぐな眼差しに、ひどく安心した。この人は約束を守ってくれる人だって……。

私はそっと彼から手を離し、広げた。おばあちゃんの真珠は、海水に濡《ぬ》れて輝いている。

「ありがとうございました」

彼を見上げて目を細めた。鈴木さんは目元を綻《ほころ》ばせて、安心したみたいに笑った。

さすがに風邪を引く、と「平気です」と主張する鈴木さんを操船室に引っ張り込んで、服を上半身だけでも脱いでもらい、簡易洗面で手と顔を洗ってもらった。

「すぐ港に戻りましょ」

「ええ、大丈夫なのに」

小さな備え付けの椅子に座った鈴木さんは、どうやらまだ釣る気らしかった。私は口を尖《とが》らせて眉を寄せる。

「だめです、風邪を引きます」

そう言いながら、鈴木さんに何枚も毛布をかける。鈴木さんは眉を下げ笑った。

「はは、あったかいです」

「でしょ？」

「……すみません、泣かせて」

鈴木さんはぽつりと呟く。私は首を振り彼の顔を覗き込んだ。

「もう泣きやみました！　心配かけてごめんなさい」

「や、俺が……なにも言わずに飛び込んだから。びっくりしましたよね」

そう言って彼は手を伸ばす。そうして親指の腹で私の目元を優しく撫でた。

「赤くなってる」

少し呼吸が速くなっているのがわかる。私のも、鈴木さんのも。

「好きです」

鈴木さんはそう言って、私の頬を大きな手で撫でる。微かに目を細めた私を、鈴木さんが抱き寄せた。ぽふんと彼の膝に横向きに座らされ、一緒に毛布に包まれる。

「あったか。こうしてていいですか」

「あ、……はい」

ダメって言わなきゃなんだろう。なのに言えなくて、小さく身体を縮めた。肋骨の奥で早鐘を打つ心臓がどうかバレませんようにと願う。

する、と彼が私の頭に頬を寄せる。目の前にある喉仏や、首の筋が彼が私とは違う生き物なのだと突きつけてくる。男の人だ。

……私のことを大好きな男の人。

そう思うと頬がひどく熱い。

鈴木さんは少し迷ったように息を吐いたあと「海結さん」と私を呼んだ。

「少しだけ、キスとかしていいですか」

「きっ」

私は目を丸くする。

「キス!?」

「可愛いすぎて、なんか、こう……」

鈴木さんはそう言いながら私の頭にキスをした。目を見開く私の頬や、こめかみにも。

「可愛い。好き。何食ったらこんなに可愛く育つんですか」

ちゅっ、と何度も唇で触れてくる彼に抵抗できないのは、その唇が冷えているせいだ。あったまるまで、そう、彼が温まるまで。

そう思っているのに、心はぴょんぴょん跳ねるみたいに嬉しくて。

……そう、嬉しいんだ。鈴木さんに抱きしめられて、キスされて、……もっと、なんて望んでる。

自覚すると耳まで熱くなる。その耳を鈴木さんは唇で柔く食《は》んだ。

「あ」

思わず声が出ると、鈴木さんは「はあ」と熱く低くため息を吐《つ》きつつ私を強く抱きしめる。

「なにその可愛い声。ずる……」

「だ、だって、鈴木さん……」

「峻岳。割と珍しい名前でしょ、覚えて」

「しっ、てます、けどっ」

「なら呼んで」

鈴木さんが私の耳をべろりと舐めた。

「ひゃあっ」

「海結」

耳のそばで、低く掠れた優しい声で名前を呼ばれ、背中がゾクゾクと甘く粟立《あわだ》つ。戸惑う私の顔を鈴木さんが覗き込む。意志の強そうな眉、精悍な双眸《そうぼう》にすっと通った鼻筋。

「好きだよ」

ものすごく柔らかな甘い甘いお砂糖みたいな声で言われて、私のちょっと残っていた抵抗する気力が溶けてしまった。

「峻岳、さん」

「なんか他人行儀」

「峻岳くん……？」

「んー？」

呼ばせたくせに「なあに？」って顔で私を覗き込んでくる鈴木さん……じゃなくて、峻岳くん。眉を下げると、峻岳くんは嬉しげに頬を緩める。

「可愛い。好き」

ちゅっちゅっと顔じゅうの、唇以外にひたすらキスを落とされる。可愛いって、好きだって何回も繰り返されながら。

毛布の中で、私たちの肌はすっかり汗ばんでいた。峻岳くんの分厚い胸板も、首筋も。つうっと汗が垂れる。私はそれが全然嫌じゃないのを不思議に思う。

ただ、同じように私も汗をかいている。

「あの、峻岳くん、私、汗……その」

におうとやだな、と離れようとした私を彼は強く抱きしめ直す。

「まだ寒いです」

「う、嘘」

「嘘じゃない。……いい匂い」

峻岳くんが私の首筋を鼻の頭で撫でる。

「や、っ」

自分でも驚くくらい、甘い声が出た。こんなの甘えてるだけだ。峻岳くんも嬉しそうに目を細め、今度は唇を押し付けてくる。

「ん……っ」

みじろぎすると、峻岳くんはふうう、と息を吐いた。それから私の頬を手のひらで撫で、唇を親指の腹でなぞる。

「ね、海結さん、キスしていい？　口に」

甘える顔で言われて、私はびっくりしてしまう。こんな男性らしい年上の、精悍で精強な雰囲気を持つものすごく端正な人がこんなふうに甘えてくると、理性に対する破壊力がすごいのだと初めて知った。

「あ、の」

「だめ？」

私は叫びたくなる。なにそれ、なにそれ、そんな可愛い顔されたら抵抗できない！　怖めの顔のくせに！　ずるい！　ひどい！

「……っ、いい、ですよ……」

口元を押さえ、目を逸らしてそう答えるので精いっぱい。涙目だし、きっと顔だって真っ赤に違いない。

峻岳くんは口元を押さえていた私の手を取り、指を絡めて繋《つな》ぐ。彼の手が大きすぎて、私は大きく手を広げた。彼は手の甲とか動脈のあるあたりにキスを落として、じっと私を見つめてくる。

口にキスしたいって言ったの、そっちなのに。

峻岳くんはべろりと手首の動脈のあたりを舐め、微かに白い歯を肌に立てる。

「や、っ」

「はー……可愛いがすぎる」

そう言って彼は親指で私の手のひらをくすぐり、頰に当てて目を細める。ギラギラした瞳──そこから目が離せない。

「かわい。物欲しそうな顔」

峻岳くんはそう呟いて、そうして私と唇を重ねた。初めて触れる誰かの唇──柔らかくて、もう冷えていない。体温を分け合った温かさにするりと心が解けていく。

触れるだけのキスが何度も繰り返される。

波の音が聞こえている。

うっとりとした瞬間、ぬるりと唇を割って何かが口の中に入ってきた。それが彼の舌だとわかったときには、激しく口の中が蹂躙《じゅうりん》されていた。

「はぁ、……んっ」

呼吸がままならない。息に勝手に甘い声が混じって、死ぬほど恥ずかしい。

「海結」

キスとキスの合間に、彼は何度も私を呼ぶ。

別の生き物みたいに弾性と柔らかさとを持つ彼の舌が、私のものと絡まる。擦り合わされ、付け根をつつかれ、唾液を飲まされる。

ようやく彼が離れたとき、私はすっかり力が抜けて彼にしなだれかかっていた。

「海結さん、可愛い……大好き」

頭にまたキスが落ちてきて、彼の大きな手が私の脇腹に触れる。

くすぐったいんじゃない、ひどく淫《みだ》らな触れ方……ハッと彼を見上げると、またあの甘えた視線とぶつかる。

「俺、海結さんに触れたいです」

ぐっと眉を寄せる。だからずるいんだってその顔は、本当に、本当にずるい！

「いいです、けど」

……なにが「けど」なんだろう。私もよくわからないままに、再び唇が重なる。

その状態で、峻岳くんはするりと私のトレーナーの中に手を這《は》わせた。脇腹からお腹に。臍《へそ》をくすぐられて身を捩《よじ》る。くすぐったいだけじゃなくて、確かに甘いものがあって――なにこれ、お臍なのにっ！

「腰、細いですね。折れそう」

峻岳くんは少し声のトーンを変えて、両手で私の腰を掴む。ばさりと毛布が落ちた。トレーナーが肋骨あたりまでたくし上げられ、お臍が丸見えになっていた。

「あ」

急激に恥ずかしさが増す。なんかすごく恥ずかしい……！　今まで以上に恥ずかしい！

「や」

毛布を拾おうとした私の手を、峻岳くんが止める。

「暑くないですか？」

「え、あ、さっき寒いってて」

「もう大丈夫です」

さらりとそんなことを言って、峻岳くんはまた私に触れ出す。首筋や頬にキスをしながら、大きくて分厚い手がゆっくりとお腹から上に進んで……。

「あ、っ、しゅ、峻岳くん」

胸のふくらみ……と言っても私の場合とてもささやかなものなのだけれど、とにかくそれに触れられる。彼の大きな手がブラジャー越しに乳房をゆっくりと揉《も》みしだいた。

小さくても揉めるものなのかと妙に感心したのも束《つか》の間、ゾワゾワとしたくすぐったくて切ない感覚が身体から湧き出た。

「や、んっ」

声が高くて、うわずっている。なにこれ、恥ずかしい……っ、なにこの声！

峻岳くんは「かわいい……」と呟きながらブラジャーを上にずらす。びくっと揺らした肩を嗜《たしな》めるように耳殻を甘く噛まれる。そうして直接、乳房の先端を摘《つ》ままれた。

「ひゃんっ……！」

初めて感じる鋭利な感覚。神経を直接触られたみたいな……！　思わず身体を捩った。

峻岳くんが息を呑むのがわかる。そのまま芯を持った先端を指先で弾かれ、私は甘えた声で必死に呼吸を繰り返す。

「んっ、しゅん、がく、く……っ」

「んー？　かわい、気持ちいいですか？」

先端がこねくり回されている。きゅっと摘ままれ、爪で軽く頂《いただき》を弾かれ、そのたびに腰が跳ねた。触れられているのは胸なのに、下腹部が疼《うず》く。キュンっとお腹が切なくなり、じんわりと下着が湿っていくのがわかる。

半泣きで太ももを擦り合わせる。

全部初めてなのだ。

この痒《かゆ》さと切なさが入り混じる疼きを、どう逃したらいいのかわからない。怖い。苦しい。気持ちいい。もっとしてほしい。

峻岳くんの膝に乗せられ、逞しい腕に閉じ込められて、されるがまま。眉を下げ見上げると、

「えっろ」と峻岳くんが呟いた。

「え、えっ……」

戸惑い目を瞬く。耳殻、ううん、耳の中まで熱い。

「海結さん。可愛すぎです」

唇がキスで塞《ふさ》がれる。絡み合わされた舌が、気がつけば誘い出され甘噛みされていた。

くちゅ、ぬちゅ、とお互いの唾液が溶け合う音がする。

「好きです、海結さん。本当に大好き」

唇の皮一枚触れ合ったまま発された彼の声に、思考がぐちゃぐちゃに蕩《とろ》けていく。お腹の奥もぐずぐずになっている――だから。

彼の指が器用に私のベルトを外したのも、ジーンズのボタンを外したのも、ファスナーを下ろしたのも、止めなかった。身体が熱くて、頭が彼に触れられたいってそれでいっぱいになっていて。

彼の手が下着に入ってくる。下生えを撫でたあと、指先で肉芽に触れられた。

「あっ！」

電気が走ったかと思った。暴れる私を「よしよし」と抱え込むようにして、彼は指先で快楽を与えてくる。

「はは、すっげえぬるぬる」

嬉しげな峻岳くんの声に恥ずかしくてたまらなくなる。峻岳くんは私の頭に頬擦りをして、そうして肉芽を押し潰すようにして前後に動かす。

「あ、あんっ、あっ、……っ」

脚をばたつかせてしまう。峻岳くんは「きもちい？」と耳元で聞いてきた。なんて答えていいのか、わからない。でも彼は私が善《よ》がっているのがちゃんとわかっているみたいで、喉元で笑いながらくちゅくちゅと指を動かす。

「皮、剥《む》いてみていい？」

そう聞かれ、なんのことかわからず、快楽のなか首を傾げた。皮？　なんの……？

とりあえず頷いてみたのが、間違いだった。彼は「こうかな」と呟き肉芽のあたりで指を微かに動かした。そうしてまた、触れる……私は顎をそらせた。

目を見開いてしまう。神経を直接触られたかのような、暴力的な快楽だった。

叫んだはずなのに、声は出ていない。呼吸のひゅうひゅうという音だけが鼓膜に届いていた。

「あんまり剥いたことない？　すげえ気持ちよさそう、かわいい」

私の頭にキスを落とす峻岳くんの声がどこか遠くに聞こえる。弾かれるように触れられ、優しく摘ままれ甘く扱《しご》かれた。ダメだった。涙がぼろぼろ溢れて、勝手に脚が開いてがくがく腰が動いて、恥ずかしくて恥ずかしくて嫌なのに、身体が勝手に快楽を追う。

も、やだ。

気持ちよすぎて、怖い。

「や、あ……っ」

脚をばたつかせ抵抗した瞬間、軽く彼の指に力が入る。

目の前が真っ白になった――と思った。頭の中が弾けたように、背骨に電気が走ったかのように、強烈な悦楽が身体を襲う。

がくっと四肢から力が抜けた。峻岳くんの身体にしなだりかかり、肩を上下させる。

どっどっどっ、と峻岳くんの鼓動が聞こえる。ものすごく速いのはどうして……。

「イき顔のかわいさ、えぐいな」

私を見下ろす峻岳くんが、目元を赤くしてギラギラした瞳を恍惚《こうこつ》とさせぽつりと言う。一瞬遅れて理解した。そっか、私、イったんだ……あれがイくってことなのか。

びっくりした。身体があんなふうに反応するなんて、知らなかった。

ぽかんとしている私の腰に、ぐりっと峻岳くんが何かを押し付けた。彼のジーンズ越しにでもわかる。硬くて、大きい、それ。

「あ……」

「海結さん……」

ちゅ、と触れるだけのキスをされる。情欲のなか、慈しみがたっぷりと混じっているのがわかる。

峻岳くんがジーンズをくつろげ、それを取り出す。昂《たかぶ》ったそれは赤黒くて、太くて、長くて、とても硬そうで、先端からとろりと液体を染み出させていた。

初めて見る、男の人のもの。思っていた以上に猛々《たけだけ》しく、そして生々しい。

でも不思議と嫌悪感はなかった。むしろ愛おしくさえ思うのは、きっと峻岳くんのものだからだ。きゅうっとした甘さと切なさがないまぜになった感情が湧く。

私で興奮してくれたんだ。なんだかそれが、やけに嬉しくて、誇らしくて。

「海結さん。……その、シないですけど、ちょっとだけ触ってくれませんか。苦しくて」

私はおずおずと手を伸ばす。熱くて、湿っていて、硬い。先端は肉張っていて、幹には血管が浮き出ている。

触ってみたはいいものの、これを一体、どうしたらいいのかな。

「あの、峻岳くん」

「なんですか？」

ギラギラしてるのに優しい笑い方で彼は目を細める。ちょっとホッとしながら聞いてみた。

「触り方教えて？」

「触り方？」

「その、初めてで、私」

「……」

峻岳くんが目を瞠る。

「峻岳くん？」

「初めて、ですか？」

峻岳くんは声を掠れさせる。

「もしかして、キスも」

「あ、うん。彼氏とかできたことなく……峻岳くん!?」

峻岳くんは自らの頬を思い切り叩いた。両頬だ。ばちぃん！　とものすごく大きな音がした。

「ど、どうしたの!?」

峻岳くんは私を丁重に抱き上げ、そっと椅子に座らせた。そうして毛布でぐるぐる巻きにする。

「え、えっと？」

峻岳くんは「すみません」と言いながら頭を抱え、床に膝をついて私の手を取る。

……まだそれは勃《た》っているけれど……いいの？

「俺は！　無垢《むく》で初心《うぶ》な海結さんになんてことを！」

「え？　えっ？　あの、でも、私もいいって言っ――」

「俺はケダモノです！」

「そんなことない」

「いえ。……すみません、ちょっと待ってください」

峻岳くんは目を閉じてブツブツ何かを言っている。何か思い出して冷静になろうとしているらしかった。

やがて峻岳くんは立ち上がり、なんとかソレをジーンズにしまい込む。まだちょっと大きかった気がするけれど⁉

「ああっそんなふうに入れて！　大丈夫なんですか⁉」

「大丈夫です！」

「ほ、本当に⁉」

というか、ケダモノって。

峻岳くんはがくりとうなだれ「本当にすみません」と再び呟いた。

「言い訳になりますが、海結さんのあまりの可愛さで理性が吹っ飛び……可愛すぎます……ずるい……」

すっかり頭を抱えている。

「あ、あの、私もいいって言ったし、その」

ちょっと迷ったけれど、素直に言うことにした。少し小声で、彼の耳元で告げる。

「すごく気持ちよかった」

「だあああ！」

峻岳くんは「ひどいです！」と叫ぶ。

「理性をタコ殴りにされている！　瀕死《ひんし》！　瀕死なのでもうやめてください！」

「え、っと……いいのに。その、よくわかんないんだけど、峻岳くんの、手でしたらいいのかな……？」

「落ち着いてください！　海結さん！」

「私は落ち着いてますよ」

「あのっ、俺はですね！　海結さんのあまりの可愛さに盛ってしまいキスだけで我慢できず、あんなことやそんなことや、あまつさえ、あ、あんなことまでしようとしていたんですよ⁉」

一体何をしようとしていたの。でも。

「だからしていいって。峻岳くんなら、いいんです」

峻岳くんはぐっと眉を寄せた。ものすごく何かを我慢している顔だ。

我慢しなくていいのにって思う。

この不思議なほど寛容な感情は、私が……私が彼に、恋をしているから、なのだろう。

「海結さん！」

峻岳くんは立ち上がり、私を見下ろして言った。言ったというか、宣言した。

「やり直しさせてください！」

「や、やり直し？」

「デートしましょう！　ちゃんとキュンとしてもらえるようにしますので！」

「え、なんかちゃんとキュンとしたからキスとか……」

どうしよう、私も好きですって言えるタイミングがない。峻岳くんの勢いがすごい。

「お願いします！」

直立不動で頭を下げられれば、頷くほかはない。そんな私に彼ははにかみ、照れくさそうに続けた。

「それと、キスしたんですし、これってもう俺たち付き合ってますよね？」

あれだけしといて、そこはピュアなのかい。

そう突っ込みそうになりつつ、でも真剣な声にめちゃくちゃキュンとして小さく頷く。

おずおずと彼を見上げると、峻岳くんはにこっと笑った。そこだけいつも通りの、優しい人懐こい、穏やかな顔だった。

【二章】峻岳

試合終了のサイレンが鳴る。炎暑の風が砂を巻き上げる。太陽は肌に痛い。

ぽたりと汗が顎を伝い、ユニフォームに染み込んでいく。

まあ、すでに汗でぐちゃぐちゃなのだけれど。

『試合終了をお知らせします。夏の全国高校野球、西東京《にしとうきょう》予選準決勝、勝者は――』

相手高校の名前を聞きながら、俺はキャッチャー用の防具を頭から外し、マウンドで崩れ落ちているピッチャーの元に向かう。二年生エースでここまでよくチームを引っ張ってくれた。

『鷹峰《たかみね》、おつかれさん』

『先輩』

『ほら、泣くな。俺の配球が悪かった。お前はなんも悪くない』

涙を拭《ぬぐ》ってやるが、エースは泣きやまない。1が書かれた背中が震えている。すみませんを何度も繰り返すそいつを片腕で抱き上げて立たせ、さて、と思う。

次、なにやるかなあ。

砂と汗と涙の匂いがするグラウンドで、俺はやけに滲《にじ》んだ入道雲を見上げながら考える。

そのとき思い浮かんだのは『坊主、立てるか』って俺に向けられた迷彩服から伸びたでかい手のひら。

ああ、そういうのもアリだな。


昔から器用で、たいていのことはなんでもこなせた。特に身体を使うもの。小学生のとき、サッカーもバスケも鉄棒も徒競走も跳び箱も得意だった。

でも野球はあんま上手じゃなかった。

だから野球を選んだ。うまくできるもんやっても面白くないって俺は思ってたから。苦手なもののほうが楽しい。ピッチャーやれと言われて苦手だったキャッチャーを選んだ。俺にとって難しそうだったのと、扇《おうぎ》の要《かなめ》って響きがかっこいい気がしたのだった。

結局それで強豪校に進学して、そこそこ活躍もした。大学からも誘われたけど、断った。

小さい頃、キャンプで迷子になった俺を助けた陸自のオッサンのことを思い出してしまったから。

ここまで野球漬けで好き勝手にしてきたからな。これからは誰かのためにってのも、悪くない。

新隊員教育は想像よりはキツくなかった。部活とかあんましてなかったやつはしんどそうだったけど。高校が男子校なうえに野球部寮だったから、上下関係が厳しい集団生活に慣れていたのもあると思う。

配属後、そのままレンジャーを希望した。なんとなく『男ならレンジャーだよな』みたいな雰囲気《ふんいき》が充満している部隊だったのだ。

レンジャーとは、陸上自衛隊の資格のひとつ。災害時や有事の際は主力部隊とは別行動となる少数精鋭なこともあり、厳しい素養試験と過酷な教育訓練が実施される。

そのレンジャー養成訓練、これはキツかった。びっくりした。足の裏で豆が変な潰《つぶ》れ方をして虫があらゆるところから迷彩戦闘服に忍び込み、歩いていると意識がトんだ。なにしろかこれ四日間まともに寝ていない。倒れ込み泥と腐葉土の味を感じている俺の真上から教官が何か言っている——日本語なのに脳が疲れすぎていてまったく理解できないが、立つしかない。

『レンジャー……』

弱々しく呟《つぶや》きながら立ち上がる。レンジャー訓練中、返事は『レンジャー』のみ。雨でぬかるんだ地面を踏みしめふんばるも、六十キロの荷物が肩に食い込む。膝が笑い力が入らない。

個人携帯対戦車弾《LAM》をその辺に投げ捨てる幻覚を見ながら思う。——筋肉だ。筋肉しかない。筋肉をつければ全て解決する……。

ダイヤ輝くレンジャー徽章《きしょう》を授与されたのち、俺は筋肉に取り憑《つ》かれていた。筋肉と体力さえあれば、少なくともここではなんとかなる。

『鈴木《すずき》、お前かなり鍛えてるらしいな。どうだ、習志野《ならしの》志願してみんか』

上官に言われ、それはいいと飛びついた。習志野には空挺《くうてい》部隊がある。陸自唯一の落下傘部隊だ。厳しい降下訓練を受けなくてはならない。正直なところ、相当苦しいだろうなとも思うけれど、そのほうが〝面白い〟。

空挺に配属され三年目のことだった。上官と面談中に、ふと言われた。

『泳ぎが少し不得意だなあ、お前は』

訓練で突き落とされるプールくらいなら泳げていたけれど、確かに長距離は不得意だった。

地元のプールにでも通うかなと思った俺に上官は続ける。

『相浦《あいのうら》行ってみるか？　泳げるようになるぞ』

相浦——水陸機動団本部のある、長崎《ながさき》の駐屯地《ちゅうとんち》。もともとは陸自最強とも呼ばれる西部方面普通科連隊がいた駐屯地。いまは新設された離島奪還や震災時に海側からレスキューに入る部隊が駐屯していた。

『行きます』

二つ返事だった。そっちのほうが〝難しくて面白そう〟だった。

そして実際、「泳げるように」してもらった。よく自衛官募集で「体力なくても大丈夫、泳げなくても大丈夫」と言われるが、あれも結局は同じことだ。「体力なくても（体力をつけさせるから）大丈夫、泳げなくても（泳げるようにするから）大丈夫」。なお手段は自衛隊式だ。

『オイ鈴木ぃ、諦めるな、だぁいじょうぶだ泳げてるッ！』

海での遠泳訓練、明らかに溺《おぼ》れかかっている俺に教官は笑顔だった。その笑顔を俺は知っている——幼い頃、山で俺を助けたオッサンだったからだ。

波の味が塩辛《から》い。塩辛いというか苦い。かつてレンジャーで山で伏したことを思い返す。腐葉土の味とどっこいどっこいだ。

『あんた俺を助けたくせに、今度は殺す気か』

のちに直属の上官になったオッサンに呑《の》みに誘われたとき、俺はオッサンにそう言った。オッサンは笑う。

『馬鹿《ばか》か。死なさねえようにやってんだよ』

ごもっともなので、なんとも言えない。

二曹に昇進したあたりでいまの部隊に配属となった。少し特殊な運用をされている部隊で、ＡＡＶ７《水陸両用車》乗ったりＣＲＲＣ《偵察舟艇》乗ったりＣＨ―４７《輸送ヘリ》乗ったり、いろいろやらされている。難しいことや苦手なことが次々出てきて、とても性に合っている。

そして、ここでよく連《つる》んでいる赤田《あかた》たちに釣《つ》りに誘われたあたりから、俺の人生は薔薇《ばら》色に輝きだす。

釣りは好きだ。苦手だから面白い。なんにもうまくいかない。創意工夫を凝らそうとも変わらない。こんなに向いていないものがあるのかと感動した。

ただ周りは呆《あき》れているようだった。なのに海結《みゆ》さんだけは諦めていなかった。なんとか俺に魚を釣らせようといつも一生懸命で、そこに俺は人として好感を抱いていた。

あくまでそこまでは、人としてだった。

それが――酔っ払いから俺を庇《かば》おうとした海結さんを見た瞬間、心臓が突き刺されたかのように衝撃を受けた。ピシャーンと、心臓に雷撃を受けたかのようなショック。

びっくりした。あんなに小さくて華奢《きゃしゃ》で触れれば折れそうなのに、とても強い。俺なんか庇う必要ないだろうに、ちっちゃな身体で飛び出していった。

もともと印象がよかっただけに、一瞬で恋に落ちた。もうめろめろだ。

「多分、俺の人生、海結さんより素敵《すてき》な人って現れねえんだよなあ……」

駐屯地の食堂で、いつも通り信号たちと昼食を摂りながら俺は呟いた。

海自基地が近いのもあり、海軍カレーならぬ水機カレーが金曜日は定番だ。カレーの上にエビフライと唐揚げが載っている。うまい。とてもうまい。でも海結さんのカレーもとってもうまかった。

呼吸しているだけで海結さんを思い出して切なくなる。こんなの初めてだ。

「おい鈴木、あんましつこくすんなよ。警察に駆け込まれるぞ」

赤田の言葉にムッとして、カレーを食いつつ眉を寄せる。

「うるせえ。もう付き合ってる」

「だから、お友達からって言われてただろ？」

「そっから進んだんだ」

ええ〜、と失礼なことに信号たちが目を丸くする。

「どうやって？　ふたりきりの釣りで？」

「それは言えない」

お前らにふたりきりにされた船であんなことやこんなこと……思い出すだけで幸福と興奮と後悔がぐちゃぐちゃになる。

あんなに可愛らしい海結さんが、まだ誰にも手を出されていなかったなんて。海結さんが過去にどんな男と付き合ってたとか、まったく気にしてなかった。だって過去の男以上に俺は海結さんに恋をしている自信があったからだ。

でも、やっぱり海結さんが俺だけの～っていうのはめちゃくちゃ、なんていうか、そう、嬉《うれ》しい。俺ってこんなに独占欲強かったんだなあ。

そのうえで、初めてなのに、怖かったかもしれないのに、『峻岳《しゅんがく》くんならいいんです』って。

マジで理性が死にそうになった。

いや、それは置いておいて、どっちにしろ俺はケダモノだった。あんなふうになったのは生まれて初めてだ。

でも海結さんにはそんなの関係ない。受け入れてくれたのは嬉しいけれど、やっぱりちゃんとしたい。だって好きだからだ。

キュンキュンさせて『峻岳くん大好き！』とかハートたっぷりつけて言ってもらいたい。

「おい顔がデレついてんぞ」

「してない」

俺は表情を引き締める。船で海結さんとなんやかんやあったなんて、こいつらに絶対悟られてたまるものか。脳内で一瞬でも想像されたら、俺はこいつらを海の藻屑《もくず》にしなくてはいけなくなる……。

「今度は物騒な顔してんな」

「してない」

とはいえ、こいつら以外に頼る伝手《つて》もないので素直に質問することにした。

「ところでさ、この辺でなんか女子ウケするデートスポットってない？」

俺の質問に赤青黄の順で口々に軽口を飛ばされる。

「え、マジで付き合ってんのか」

「デートにこぎつけたのがすげえわ」

「いや、まだ鈴木さんの幻想という可能性もあるっス」

そして信じられないことを赤田が言った。

「ちょっとオレ、あとで海結ちゃんに聞いてみるわ～」

「は？」

俺は眉が凶悪な形に寄ったのを自覚する。けれど信号どもは飄々《ひょうひょう》とカレーを食い続けている。

「おい、赤田。なんでお前が海結さんの連絡先知ってんだよ」

「カレーフェスタのとき、お前が警察でカツ丼食ってる間に三人で聞いた」

「カツ丼は食ってねえ」

容疑者じゃねえよ。

「つうか、えー……まじか。消せよ。全員、いますぐ消せ」

「んでだよ。いきなり束縛キツイってお前。初彼女だからって」

呆れながら赤田はエビフライをもぐもぐと口にする。こいつは好きなものは最後に食べるタイプなので、カレー皿は空《から》だ。

「つうか、意外だよな。鈴木が童貞なの」

俺は肩をすくめる。単純に機会がなかったというか、なんというか。なにしろ、高校から男子しかいなかった。男子校の野球部寮だ。むさい。マネージャーもまたむくつけなき坊主頭だった。監督も坊主だった。坊主しかいなかった、あそこには。

卒業してすぐからはほぼ男しかいない部隊を渡り歩いてきての営内暮らし、外界との繋《つな》がりなど一切なし。ひと昔前は上官や先輩に無理やり風俗だのに連れて行かれていたらしいけれど、なにしろこのご時世、少なくとも俺のいた部隊ではそういったことはなかった。たまに噂《うわさ》で聞くけれど。合コンの類《たぐい》も一度行ったけれど俺以外全員酔っぱらって、心底面倒くさかった。それ以来避《さ》けている。

ただ、男ばかりの社会で生きてきたせいで、知識だけは豊富だ。おかげで船では海結さんに気持ちよくなってもらえたようでなによりだった。めちゃくちゃ可愛かったなあ……。

一瞬呆《ほう》けた俺に、青林《あおばやし》がにやりと笑う。

「オレも連絡先消さないよ。なんか面白いし」

舌打ちして俺もカレーを完食する。自衛官は食事が早い。のんびりしていたにも拘《かか》わらず、十分もかからずに全員完食していた。

「つうか赤田、なんで海結さんのこと下の名前で呼んでんだよ」

しかも「ちゃん」付けで。

「おじいさんとの区別」

さらりと答える赤田に黄瀬《きせ》が「あ、それいいっスね」と笑う。可愛い顔立ちをしているのと人当たりのいい性格で、信号たちの中では一番モテる男だ。

「オレも海結ちゃんって呼ぼうかな」

黄瀬はふざけている感じじゃないとピンときた。ちょっと本気だ。

「ざけんなよ黄瀬」

「まあまあ落ち着いてください、鈴木さん。今日のおやつ、プリンっスよ」

黄瀬がニコニコしながら言う。水機の隊員は訓練の兼ね合いでカロリー消費が多いため、捕食を用意されていた。

「昨日はすっぱいドリンクでしたからね。あれなんの汁だったんすかね？　鈴木さん、知ってます？」

「知らん」

掴《つか》みどころのない黄瀬にややイラつきながら答える。ああ本当余裕ないな俺。

「鈴木くんったら、余裕ないのー」

青林に揶揄《からか》うように図星をつかれ、眉をひそめる。

「海結さんは特別なんだ」

「ふーん。お前の特別、ひいちゃんだけと思ってた」

「ひいちゃんはお前、別枠だろ」

俺はプリンを一口で食べ終わり、水を飲みつつ自分の中にあるあまりに子供じみた嫉妬について考える。俺は海結さんが好きすぎて、いろいろとおかしくなっているらしい。

「ま、なんか本気で恋しちゃったとかほざいてる鈴木さんのために、ひと肌脱ぎますかあ」

黄瀬が肩をすくめたあとに、少し表情を改める。

「鈴木さんオレの命の恩人ですからね」

「え？　なんかしたっけ」

「なんで忘れてるんすか。ダンカー訓練のやつ」

「あ。ああ、あれかあ」

俺は残りの水を飲み干す。海結さんにも話したコンテナみたいな装置から脱出するやつだ。

あのとき溺れかけたのは黄瀬だった。

「いやでも、お前すごいよ」

赤田がプリンをやけにちまちま食べながら言う。

「あの状況で人抱えて脱出するのはさすがに無理だわ。目閉じてるのになんでわかんだよ」

「そうか？　だいたい訓練でほかのやつの動きも記憶できてるだろ？　あとはイメージ通りに身体動かしたらいいだけだよ」

「誰もがお前みたいに脳と筋肉が直通じゃねえの」

なんか褒《ほ》められていない気がする……。むうと眉を寄せていると、黄瀬が微笑《ほほえ》み「クルーズはどうですか？」なんて提案してくる。クルーズ？

「サンセットクルーズみたいのがあるらしいんすよ」

「釣り船でしょっちゅう海出てんだぞ。見慣れてるだろ」

赤田に言われ、黄瀬は「そっかあ」と腕を組んだ。

そう、こいつらしかいないから相談してみたけれど、こいつらも別に遊び回っているわけではない。必死に合コンとかには行ってるらしいけれど、訓練でいきなりしばらく連絡取れないとか続くから普通に振られる。

「かといって、駐屯地からそう離れられないっスもんねえ～」

首を捻《ひね》る黄瀬に赤田が言う。

「あ。じゃあ焼肉は？　焼肉。バーベキュー」

「キュンとしないだろそれは」

俺は食べたばかりだというのに、少しきゅうっと胃が動くのを覚えつつ答えた。そりゃあ肉はうまいけども。

「しない？　胃のあたりとか」

「俺もした。でも俺が求めてるキュンはそれじゃない」

「市内のテーマパーク」

「海結さん、年パス持ってるらしい」

「ダメか」

うーん、と信号たちとともに腕を組み考えを巡らせる。俺たち女子とお洒落《しゃれ》なデートとか向いてないんだよな、多分。

でも向いてなくともする。キュンとさせる。

「そうだ。なんつうか、鈴木さんのいいところをアピールできる場がいいんじゃないっスかね」

黄瀬が思いついたように手を叩《たた》くと、青林が「こいつのいいところ？」と俺を斜めに見る。

「そうっス！」

元気に頷《うなず》く黄瀬に赤田が答えた。

「生命力とか？」

青林が「よく食べる？」と続けた。

「顔？　あとは……うーん。あとはもうなさそうっスかね」

黄瀬が「以上です」って顔でこっちを見た。

「なんかもっとあるだろ！　つうかなんで全部疑問系なんだよ。ほら！」

俺が言うと三人は顔を見合わせる。

「……生きる力」

「健啖家《けんたんか》」

「割とイケメンっスよね」

「……ほかかあ。思いつかねえな。青林は」

「いやあ。なんかあるか？　黄瀬。ほかに」

「うーん、なし！　以上、報告完了」

黄瀬がやたら爽《さわ》やかに右手を挙げ敬礼まで決めてきた。

「いや無帽で敬礼すんな」

自衛隊に限らず、日本の公務員の挙手敬礼は着帽時のみだ。いや、それはいいとして。だめだけど。

「完了すんなよそこで。諦めんな」

俺は水の入ったグラスを食堂の安っぽい白い机に少し強く置いた。褒めてる体《てい》で貶《けな》されている気がし始めている。というか、揶揄われているなこれ……。

「えーと。鈴木のいいところ、鈴木のいいところ……あ、筋肉？」

「そうだ、鈴木といえば筋肉だ。全員あるから忘れてたな。けどさ、筋肉アピールなんか引かれないか？」

「鈴木さんと付き合う時点で筋肉嫌いだったらナシじゃないっスかね」

信号三人に言われて目を瞬《またた》く。

「要はお前の得意分野に引き摺《ず》り込むべきだって。いいところアピールしたいなら」

「そうそう。なんか泳ぐとことか見せたら？」

最近見せてものすごく怒られたのは秘密だ。けれど、こいつらの言うことにも一理ある。

「得意なことなあ。俺、割と器用貧乏なんだよな」

自覚あったんだ、と三人に驚かれた。

「鈴木さん、野球やってたんすよね。じゃあ草野球？」

「いやデートでそれないだろ？　海結さん野球好きかもわからないし。釣りとカレーが好きなのは知ってるけど」

俺が首を傾《かし》げると、黄瀬が呆れたように俺を見る。

「それだけなんすか？」

うるせえ、と唇を尖《とが》らせた。確かに俺、まだ海結さんのこと全然知らないんだよな。

「山口《やまぐち》さんはね、テニス好きっスね」

黄瀬がプリンを食べながら涼しい顔で微笑んでくる。俺は目を見開いた。テニス？

「あと、ゆるゆるキャラとかのキャラ物持ってるイメージ。それからライト系のミステリとか読むの好き。あ、でもホームズとかも読んでたかも。つけくわえると、多分、犬派」

「いや、黄瀬、こら」

俺は眉を吊《つ》り上げた。

「なんでお前がそんなん知ってるんだよ」

「なんでだと思いますー？」

ニヤニヤと黄瀬は言い、残りのプリンを平らげた。

「え、怪しいな黄瀬。山口さんとなんかあった？」

赤田たちも聞くけれど、黄瀬は飄々と笑っている。俺はじとりと黄瀬を睨《にら》んだ。

「黄瀬、言えよ」

「秘密っスね」

黄瀬は半目で笑う。こうなったら絶対口を割らないことを俺たちは知っている。

「くそー……」

悔しい。気になる。なんで黄瀬が海結さんについて、いろいろ知っているんだ？

付き合って……は、ない。海結さんが言っていたし、あの反応的にそれは間違いない。

ならなんで……？

悩んでいる俺に青林が言う。

「あ、そうだ。デート先、駅前に新しくできた屋内アミューズメントは？　あそこ、バッセンとかボーリングとかカラオケとか全部ある。ボルダリングもあったかな」

「え、なんだそれ。ここの近くにそんなんあったっけ」

「先月末オープンだよ。長崎初上陸だって」

へえ、と目を瞬き「それいいかも」と呟いた。海結さん身体動かすの嫌いじゃなさそうだし、新しい施設だしでデートに誘う口実に事欠かない。

ちらりと視線を移すと、黄瀬は黙ってニヤニヤするばかりだった。


そんなわけで。

「俺、変じゃないよな……？」

待ち合わせしたアミューズメント施設前。俺は磨かれたはめ殺しの窓ガラスにちらりと自分を映し眉を寄せた。なにしろ普段訓練しかしてない。周りも似たような感じだ。営内ではジャージ戦という戦闘服にボトムスはジャージという機能性重視の服装でウロウロしているし、外に出るときもTシャツにジーンズくらいだ。

寒かったらアウトドア用のアウターを羽織る。つい機能性を求めてしまうのは職業柄だろうか。

というわけで自分が十二月の初めのデートにふさわしい格好をしているかどうかはわからなかった。シンプルなモスグリーンのトレーナーにジーンズだ。アウトドアブランドの黒のショルダーバッグをたすき掛けしていた。

「……陸自カラーすぎた？」

俺は呟き、ハッとする。このトレーナーを買ったとき、鏡で合わせてみて自分に合う気がしたから買ったけれど、そもそも普段の緑迷彩戦闘服姿を見慣れすぎていてこんなことになったんじゃないか？

「峻岳くん？」

どうしよう、海結さんにこいつ仕事好きすぎじゃねとか思われたら。

いやまあ、自分には合っている仕事だとは思うけど、でも。

「峻岳くんてば」

可愛い声にハッと視線を落とす。すぐそばに可愛いがいて可愛く首を傾げていた。

「わあ可愛い！」

びっくりして目を丸くしてしまった。いや誰でも可愛いが目の前にいたら同じ反応をすると思う。

「へっ？」

海結さんは目を瞬き頬を真っ赤にした。俺は思わずまじまじと観察してしまう。どんぐりまなこっていうのか、キラキラした黒目がちの瞳に俺が映り込んでいる。やばい嬉しい。海結さん俺の彼女なんだなあ。

「ど、どうしたんですか急に」

「いやあ可愛いなあと思って」

俺は多分、かなりニマニマしている。頬がゆるゆるなのもわかる。踊り出しそうなんだけれど、海結さんに伝わっているかなあ。

「そ、そんなこと」

「ありますよ。海結さんは可愛いので常に全力で可愛いと伝えたいです。今日の服も可愛いです、似合ってます」

ざっくりしたオフホワイトのカーディガンにロングスカート、ソールの厚いハイカットのスニーカー。コートとマフラーは手に持っている。カーディガンの袖口とか裾とかちょっとだけ差し色っていうのか、モスグリーンが使われていた。たまたまなんだけどお揃《そろ》い感がある。ラブラブカップルっぽくないか？　そんくらいのことでテンションがさらに上がってしまう。

髪はいつものお団子だ。ただ、名称はわかんないけど可愛いふわふわのゴムが使われている。なんだこれデートだから？　デートだから⁉

「髪すげえ可愛いです」

つい口に出た。俺はたいてい考えていることがすぐ口と顔に出る。

「い、いつも通りです」

海結さんは照れて両頬を包んでしまった。俺はにんまりする。いちいち可愛いなあ。

海結さんが存在しているだけで、いろいろとクソみたいなこの世界がちょっと浄化されて輝いている。俺はまだ頬に当てられている海結さんの手をちょんちょんつついた。

「……？」

「この手だけ貸して」

「え？」

不思議そうな海結さんの右手をそっと手に取り包む。小さくて華奢な手だ。この手で俺みたいなでかい奴を守ろうとしたんだから海結さんは強くてかっこいい。

「しゅ、峻岳くん」

海結さんはさっきより顔が真っ赤だ。耳まで赤い——この間はこの耳にキスして噛《か》んで舐《な》めしゃぶったんだ。

ぞわ、と興奮が腰のあたりで疼《うず》く。

俺はそれをぐっと心の奥に押し込む。なぜなら今日は絶対にえろいことをしないと固く決心していたからだ。キュンとして俺に惚《ほ》れてもらう一日にするのである。こいつ身体目当て……？　みたいな疑念は一ミクロンだって抱かせない。

夜まで時間をもらっているから、ディナーまでは一緒にいたいけれど。ついでにキスくらいはしたいけど。舌は入れないぞ舌は。

……一応ゴムは持ってきているけれど、それは本当に万が一に備えてだ。

「行きますか」

「は、はいっ」

自動ドアをくぐると、ちょこちょこと海結さんがついてくる。俺は床に伏してゴロゴロ転がりながら「かわいいいいいいい」と叫《さけ》ぶのを我慢する。可愛いよ、好きだよ、なんでこんな人が世界に存在するんだ？

俺は平静を装《よそお》い……装えているかはともかく、購入していた電子チケットで入場する。

「え、あ！　悪いです、お金払います」

「いや俺が誘ったんで」

「でも」

「最初のデートくらい格好つけさせてください」

俺がそう言うと、海結さんは「で、デート」と面白いくらいに照れていた。キュンとする。うわあまじか、海結さん彼氏いなかったんだもんな。デートも、もしかして手を繋ぐのも初めてか。

独占欲がほんのちょこっと、満たされた。

でもまだ足りないと思ってしまう。もう全部全部全部俺のものにしたくてたまらない。可愛い。

「何から回りますか？」

この屋内アミューズメント施設は、青林の言っていたとおりカラオケもバッセンもボルダリングもあった。ほかにもフットサルだのスカッシュだのと揃っている。新しくできた施設だからか、今日が土曜日だからか、そこそこ賑《にぎ》わっていた。

「峻岳くんは何がしたいですか？」

「とりあえず空いてるとこから行きますか」

ちらりと海結さんを見る。ボルダリングは絶対だめだな。俺が抱きかかえてならいいけど、多分ここでそんなことできないだろうと思う。

「あの、峻岳くんってスカッシュってしたことあります？」

「や、ないです。壁打ちテニスみたいなやつですよね」

「そうそう。あれ、仙台《せんだい》にいた頃たまに行ってて。中高、テニスしてたんで」

「へえ」

黄瀬の言葉が脳裏に蘇《よみがえ》る。『テニスが好きだよ』……だったか。

いやまじで、どんな関係？

がっつり質問攻めにしたいのを我慢しつつさらりと聞いてみれば、海結さんは高校、大学と仙台にいたらしい。卒業して就職で福岡《ふくおか》に、従姉《いとこ》さんの誘いで今年の春に長崎に戻って来たそうだ。

「両親はまだ仙台にいるんです」

「ああ、じゃあおじいさんと？」

「いえ、祖父の家は叔母たちがいて。なので、私はひとり暮らしです」

「ああ、いいな羨《うらや》ましいです、ひとり。俺は営内なので」

きょとんとされたので、慌てて説明する。

「駐屯地の中に隊舎があって。寮みたいな感じです」

「へー。あ、じゃあ門限とかあるんですか？　時間、何時まで……」

「あ、今日は特外……泊まりの届け出してるんで」

さらりと答えてしまってから、さあっと血の気が引く。

ち、違う。こんなの泊まりに誘ってるみたいじゃないか。案の定、海結さんは頬を微《かす》かに赤らめて……あれ、これこの反応もしかしていけ……じゃない！　そうじゃない！　決心しただろ、鈴木峻岳！　男なら初志貫徹！

「身体目当てではないです！」

「ひゃあ！」

海結さんがびくうっと肩を揺らす。慌てて小声になりながら言い訳のように続けた。

「海結さんが大好きです。決してあの、身体目当てなどではなくて。夜遅く戻ると係のやつに嫌がられるからですね、夜まで予定あるときは泊まりの届け出してその辺でオールするとかしてるんです」

海結さんは目を瞬き、視線をうろつかせた。

「どうしましたか」

「い、いえその、あの。大好きって……えっと」

海結さんが何かを言おうともごもごしたのと、「次どうぞー！」とスカッシュエリアのドアが開くのは同時だった。

「お、空きましたよ！　いきましょう！」

海結さんはどことなくホッとしたような顔で頷いた。

テニスをやってたと言うだけあって、海結さんはスカッシュがとても上手だった。俺も比較的すぐにコツを掴めて、一緒に楽しむ。海結さんははしゃいでたくさん笑ってくれた。

ああ、生まれてきてよかったなあ……！

海結さんがはしゃいでぴょんぴょん跳ねるとお団子がちょこっと揺れるのだ。俺はそれを見るとどうにもうっとりしてしまう。

スカッシュは海結さんの勝利で終わった。

「峻岳くん、手を抜きませんでした？」

「全力ですよ！」

海結さんにうっとりしてボールを見失ったりはあったけれど。

「本当に……？　あ、すごい。ボルダリングまであるんだ」

海結さんはボルダリング用の壁を見上げて目を丸くする。

「こんなのあったんですね。すみません、スカート穿《は》いてきちゃった。峻岳くんしたかったですか？」

「や、訓練で岩場登らされてるんで。わざわざ遊びに来てるのに登りたくないかな」

俺がそう言った瞬間、海結さんが壁を見上げて「ひゅっ」と息を吸った。何があったのかと反射的に抱き寄せながら壁を見上げる——よくわからない物体が下がっていた。よくわからないが、とにかくぬいぐるみだ。

「かっ、かわいい」

海結さんが明らかにテンションを上げながら非常に可愛らしくきゅうっと眉を寄せた。

「可愛い……？」

俺は「？」を頭のまわりに浮かべつつ、その物体をまじまじと観察する。太めの緑灰色麺状の何かを無理やり犬にしたような形状をしている。

「おきゅーと犬、こっちにも進出してきたんだあ」

「なんですかそのケッタイな犬は」

「ケッタイとは失礼な」

海結さんは不服そうにしながら説明してくれた。〝おきゅうと〟とやらは海藻をトコロテンのようにした福岡の食べ物らしい。

「すごく美味《おい》しいんです」

「はあ」

海結さんは福岡にもいたんだったな、と思いながら頷く。

「そしておきゅーと犬は福岡のゆるゆるキャラです。キュートでしょ」

「ゆるゆるキャラでしたか」

確かにゆるいな。というか、〝おいしい〟と〝かわいい〟をかけ合わせたにしても、あいつに関してはデザインが少々奇抜すぎる気がする。

——それにしても。

ゆるゆるキャラ好きなんて、黄瀬の言ったとおりじゃんか！　俺は内心で眉をひそめる。本当に黄瀬と海結さん、どんな関係なんだ？

「おきゅうと、食べたくなってきちゃったなあ」

呟く海結さんの声にハッとする。すぐそばで別のカップルが「あれ欲しい！」とはしゃいでいるのも聞こえた。どうやらボルダリングを一番上まで登り切ると、あのぬいぐるみがもらえるらしい。

「かわいー！　絶対取ってね！」

カップルの彼女のほうが壁を指さし、彼氏のほうが「まじかよー」と言いながら眉を寄せた。

俺も内心頷く。確かにあれは少々ケッタイ……。

「オレもおきゅーと犬クソ可愛いしマジ欲しいけど、登る自信ねえわ～」

俺は思わず、そう残念そうに言う彼氏のほうをまじまじと見つめ、おきゅーと犬を見上げ、俺の感性のほうが間違っているのかと自問する。

まあ多分、そうなんだろう。

「海結さん、欲しいですか？」

「欲しいです……あー、ジーンズで来たらよかったなあ」

心底悔しそうに言う海結さんは、自力で登るつもりだったらしい。

「でも無理かな。おきゅーと犬コース、まだ誰もクリアしてないんですって」

俺は苦笑する。

「俺、行きますよ」

「え」

海結さんは目を丸くした。彼女が何か言う前に、受付に向かう。おきゅーと犬は上級者コースだ。

ボルダリング用の靴を借り、手にチョークの粉をつける。汗で滑るのを防止するやつだ。

「さて」

俺はスタッフに落下防止用のハーネスをつけられながら首を回した。

普段は、駐屯地にある切り立った崖やコンクリートの壁でウォールクライミングやリペリングなんかの訓練をしている。

たまに宮崎《みやざき》あたりの険しい山で岩登り訓練もある。ロッククライミングといえば響きがいいが、要はフル装備で断崖絶壁をよじ登っている。あれらに比べれば、今回は上級者コースとはいえアミューズメント施設のものだ。まさか競技用のような難易度ではないだろう。室内ボルダリングは初めてだけれど、まあなんとかなるはずだ。

そう考えながらストレッチを済ませると、天井から吊り下げてある緑色の網の仕切りの向こうで、海結さんがハラハラしているのが見えた。めちゃくちゃ心配そう。

「海結さん？　どうしたんですか」

近づいて聞いてみれば、彼女は心配げに眉を下げた。

「え、あ、だって。そんなところ登れるんですか？」

「はい、たぶん」

首を傾げた。取れないと思われてる？

海結さんは「無理しないで」と俺を見上げる。可愛くてぐっと息を詰めた。

「峻岳くん、釣りも苦手なのんびりやさんなのに、あんなの登って怪我《けが》したらどうするんですか……」

「えっそっち？」

俺は目を瞬く。

頑丈なのであまり心配されたことないし、というか〝のんびりやさん〟だと思われていたのにもびっくりした。

「あ、そっか」

俺は呟く。

俺が海結さんのことあんま知らないのと同様に、海結さんも俺が釣りしてるところしか知らないのか。

「峻岳くん？」

緑の網の隙間から指だけ出し、不思議そうな海結さんの頭をちょんと撫《な》でる。

「大丈夫。ちゃんとあれ取ってきます」

「でも」

「あ、じゃあ。あのぬいぐるみゲットできたら、ご褒美いっこもらっていいですか？」

「ご褒美……？　いいですけど」

どんぐりまなこを瞬く海結さんの頭をもう一度ちょこんと指先で撫でて、俺は待機していたスタッフのところに戻る。合図とともにホールドに手をかける。

――そして。

「わあああこれ非売品なんですよう！　かわいいっ。ありがとうございます、峻岳くんっ」

施設内にあるカフェで、おきゅーと犬のぬいぐるみを抱きしめて、ニコニコと海結さんが言う。俺はその姿を連写でスマホに収めていた。海結さんがハッとする。

「あ、あの写真……」

「気にしないでください。俺の目に録画機能がついてないのが悪いだけなんで」

「普通はついてないです」

ぬいぐるみで顔を隠しながら海結さんが言う。俺はとてつもなくニヤニヤしながら、さっそく待ち受けを海結さんに変更した。

「くっっそ可愛いな、俺の彼女」

思わず呟くと、海結さんは「ひゃあ」と叫《さけ》ぶ。

「て、照れるのでっ」

「いや海結さんが可愛くてもう死にそうです、俺は」

俺はスマホの画面と本物の海結さんを見比べ、でも本物のほうが可愛いな……なんて思う。

思いつつ、もう我慢できなくなりつい「あのさ」と口にした。テニスに、ゆるゆるキャラ。

とにかく黄瀬が適当言ってたわけじゃないことが判明したのだ。

「黄瀬と昔、なんかありました？」

海結さんはぽかんとして俺を見つめる。

「黄瀬さん？」

「そう。あのー……あいつが海結さんのこと、いろいろ知ってるみたいな雰囲気なんで、なんでかなあって」

「え？　本当ですか？　うーん……」

海結さんは首を傾げた。

「わかんないです。でもおじいちゃんと時々話してるの見かけるから、それで聞いてたのかも」

「ああ」

そういうことか、と唇を尖らせた。要は黄瀬に揶揄われていただけか。

……本当に？

あいつそんな雰囲気だったか？

「いやー……ほらなんか、実は幼馴染《おさななじ》みで運命的な再会とか、そんなんだったらやだなって」

「やだ？　なんでですか」

「え、普通にヤキモチです。嫉妬です」

正直に吐露《とろ》すると、海結さんは目を瞬き、それから恥ずかしそうに目線を逸《そ》らした。ほんのりと目元が色づいている。

「海結さんってヤキモチ妬《や》かれると重いですか」

「あ、えっと、その、わかりません。彼氏いたことないし」

「いま俺彼氏ですけど？」

「わ、わああ」

「かわいー……」

海結さんは両頬を手で覆《おお》う。真っ赤だ。もうびっくりするくらい真っ赤だ。

俺が呟くと、海結さんは慌てたようにホットラテを口にする。

「あ、あの。峻岳くんはなんかしたいやつ、ないんですか？」

なんとか話を逸らそうとしているらしい。可愛いなあ。

「え？　俺ですか」

「です。スカッシュも私の希望だし、ボルダリングも、ぬいぐるみまで取ってもらっちゃって」

「や、どっちも楽しかったです」

「けど……。あ、峻岳くんキャッチャーしてたって言ってました？」

ん？　と首を傾げた。確かに俺はキャッチャーだったけれど。

「ここ、野球できるみたいですよ」

「ああ、バッティングか」

「やってみたいな」

海結さんがにこっと笑う。多分、これは俺に気を遣ってる部分もあるだろう。ありがたく思いつつ、バッティングエリアに向かう。案外と空《す》いていて、すぐに入ることができた。新しい施設だし、ボルダリングだのスカッシュだの目新しいほうに行ってしまうのだろう。

「やったことあります？」

「全然ないんです」

海結さんはキョロキョロとあたりを見回している。

「え、わ、すご、リアル」

ここのピッチングマシンは、液晶パネルに実在する選手の投球シーンが映し出される。海結さんは「すごいすごい」とはしゃいでくれた。すごく可愛い。

「とりあえず一回やって、やり方説明しますね」

俺は強化プラスチックで区切られた右打ち用のブースに入り、バットを一本選ぶ。打席に入ると、背後の強化プラスチック越しに海結さんが興味津々に見ているのがわかった。

「あそこからボール出るんで、それめがけてバット振ってください」

俺が言ったのと同時に、選んだ右投げの投手が振りかぶり、ボールを放つ——といっても、要は機械だ。ボールの軌道がはっきりと見えて、スイングさせたバットはうまいこと芯を叩いた。カキン、という金属バットの打撃音とともにボールは放物線を描き、「Ｈｏｍｅ　Ｒｕｎ」と書かれた的《まと》のすぐ横の網に当たって落ちた。

「あー、惜しかったですね」

俺はバットをくるりと回しながら次の球に備える。

「あの、峻岳くん」

強化プラスチックに開いた小さな隙間越しに声が聞こえた。「ん？」と聞き返しながらボールに集中し、打ち方の説明をする。

「コツとしては飛んでくるボールとタイミングを合わせることですね。相手機械なんで、何回かやればなんとなくタイミングわかってくると思います。でも危ないし、海結さんはもう少し球速が遅いところにしま、しょっ」

バットを振る。きぃん、とボールが似たような軌道を描く。なんとなくは打ち方伝わってるかな？

「峻岳くん！」

「はい！」

振り向くと、海結さんは目を丸くして何度も瞬いている。

「どうしたんですか？」

「あの、えっと、……峻岳くんって、実は結構器用？」

聞かれながら前を向き、ボールを打ち返す。今度は少しずれてライナー気味になってしまった。すぐに振り向くと、海結さんは言葉を続ける。

「さっきのスカッシュもすぐコツ掴んでたし、ボルダリングなんてスイスイだったし。いまもぽんぽんボール打ってるし」

「あー」

軽く首を傾げてから、続ける。

「ですね。割と器用というか、はい。その傾向はあるかもしれないです」

海結さんは「え、あっと、その」とプラスチックに手をつき俺を見上げた。

「あの、じゃあなんで釣りはできないんですか⁉」

思わず吹き出し、前を向く。そうしてまたボールを打ち返しながら「それは」と笑った。

「俺が知りたい、です！」

言うと同時に、ボールの芯を捉えたバットの振動。白球は今度こそ「Ｈｏｍｅ　Ｒｕｎ」の的に当たる。派手はでしく電飾が光り、ぱらぱらとなんだか気が抜ける音楽まで鳴り響いた。

振り向くと、海結さんはぽかんとしていた。

打ち終わり、初心者向けの六十キロのブースに向かう。

「わあっ、難しいっ」

バットをよろよろと振る海結さんが可愛い。これ動画撮ったら怒られる……？　すげえ可愛いんだけど怒られる？

なにしろ普段、海結さんはなんでもできる強い感じの人なのだ。操船して釣り上手でカレーうまくてでかいキッチンカーもすいすい運転してる。スカッシュも機敏で力強かった。でも見た目は華奢で小動物系。いまボールに翻弄《ほんろう》されている彼女は、どちらかといえば見た目のイメージに近い。

「うーん、ギャップに毎日やられてるな、俺」

こっそりスマホを取り出して録画ボタンをタップしたところで、海結さんが振り向いた。そして眉を下げ、目を細め、気の抜けたふにゃっとした笑顔で「もう」と唇を尖らせた。

「やめてくださいよ」

そんな海結さんの周りにはキラキラした粒子が舞っていた。海結さんだけ輝いている。息もできない。好きだって感情で苦しくなる。

「どうしたんですか？」

「あ、ええと。ちょっと教えます」

俺はブースに入り、海結さんを背後から抱きしめるようにして立つ。こっそり髪の毛のいい匂いを嗅《か》いでしまいながら、小さな手を包み、一緒にバットを持った。

「左手人差し指の関節と、右手の小指の関節が並ぶように。そうそう上手」

窺《うかが》い見れば、海結さんの耳は真っ赤だ。あーこれ舐めたいな……なんて思ってたらバスン！　と一球飛んできてしまった。

「よし、次は打ちましょう」

俺は海結さんの耳元で言う。びくっと海結さんの肩が揺れた。ああ可愛らしいんだからなあ。心臓がキュンキュンする。

次の球にバットが当たり、そこそこ飛ぶ。海結さんは振り向いて「当たった！」と目を輝かせた。さっきキュンとしたばかりなのにさらにときめいて……と、あれ？

「次はひとりで打ってみせます！」

と意気込む海結さんを見ながら思う。

あれ、これ。……今日、海結さんじゃなくて俺がキュンキュンしちゃってないか？

そうは思うものの楽しくて楽しくて、時間を忘れた。

もうなんていうか、とにかく楽しすぎた。

だから夕食へ向かうため施設を出たところで、ようやく俺は「今日はすみませんでした」と海結さんの右手を握ることができた。ふわりと白い息が冬の夜空に溶ける。

「え？」

例のよくわからないぬいぐるみを片手で抱いたまま、海結さんは目をぱちくりとさせた。

駅近のこの施設から、夕食予定の海沿いのレストランまでは徒歩圏内。十二月に入って始まったイルミネーションを見ながら行こうということになったのだ。その煌《きら》めきを一瞬視界に入れてから、俺は海結さんに視線を戻す。

「今日俺、海結さんにキュンとしてもらう予定だったんですが」

「は、はい」

「逆に俺がめちゃくちゃキュンとしました！　楽しかったです！」

あれ、俺は一体何を言っているんだろう。でも本当のことだ。

自分でも内心首を傾げた瞬間、海結さんがくすくすと笑いながら俺の手を握り返した。

「私も楽しかった」

そう言って海結さんが笑う。心臓が蕩《とろ》け落ちていく感覚がして、俺は片手で口元を押さえた。

信じられない。俺はもうこれ以上ないってくらい海結さんが好きなのに、さらに好きになってしまう。

温かな金色のイルミネーションの光に海結さんの笑顔がさらにふんわりと彩られて、反射的に強く抱きしめてしまった。

「しゅ、峻岳くん」

「すみません。あの、ご褒美っていまいただいても」

「え、あ、はいっ」

俺の腕の中で海結さんがこくりと頷く。その頬の赤みは、寒さだけのせいじゃないとはっきりわかる。

「キスしてもらって、いいですか?」

「えっ?」

海結さんはぽかんとして、それから目の縁まで真っ赤にして「えええ」と目線をウロウロさせる。そこでハッと気がついた。

「あの、口でなくて。頬とかどこでもいいんで……」

「そ、そんなのがご褒美でいいんですか」

「いいです。というか、海結さんからキスされたら今後の人生めちゃくちゃ頑張れそう」

「大袈裟《おおげさ》じゃないですか」

「まったく大袈裟じゃないです」

そう言って笑うと、海結さんはうう、と少し悩んだあと、「かがんでもらえますか」と真っ赤な顔のまま言う。俺は内心小躍りしながら言うとおりにする。

「じゃあ、あの、いきます」

「はい」

俺は微笑み、頬にその柔らかな唇が押し付けられるのを楽しみに待つ。けれど、頬に触れたのはそのたおやかな指先だった。

「ん？」

不思議に思う間もなく、唇に触れる柔らかで温かな感触——それはすぐに離れていく。

海結さんは自分の頬を両手で覆い「ああ」と心底照れくさそうに軽く瞼《まぶた》を伏せた。

俺はぽかんとしている。いやまさか、こんなハッピーあっていいはずがない。これはまさか夢？　それとも訓練中に見る幻覚……!?

「ふんぬっ」

自らの頬を強く張る。ああ!?　と海結さんが身体を揺らした。

「ど、どうしたんですか」

「いえこんな、海結さんから口にキスだなんて絶対に夢だと思って……ううん変だな、醒《さ》めない。よしもう一発」

「わあもう、ほっぺ赤くなってます、やめて」

海結さんは慌てて俺の手を取り、しおしおと俯《うつむ》いた。それからきゅっと俺の手を握りしめ、蚊の鳴くような声で言う。

「……ら、……しました」

「え？」

俺は首を傾げ、軽く身体をかがめ海結さんの顔を覗《のぞ》き込む。真っ赤だった。海結さんは涙目を何度も瞬き、小さく続ける。

「……ら、キス、しました」

「すみません、らの部分が聞こえないです。まくら？　くじら？」

「くじらキスしましたって絶対変でしょ」

海結さんは肩から力を抜いてふにゃりと笑う。そうして、とっても大事なことを告げるようにそっと息を吐《は》き、続けた。

「好きだからキスしました」

俺は一瞬その言葉が理解できない。鼓膜を揺らした「好き」の二文字が脳に到達し意味を把握するのにたっぷりと時間がかかる。

「え、あ、ちょっ……と待ってください」

俺は身体を起こし口元を片手で覆う。顔じゅうが真っ赤になっているのは鏡を見なくてもわかる。クソ熱いからだ。頬を冬の夜風が冷やし撫でていく。

「落ち着け峻岳。好きって多分違う意味だ。すき焼きとかスキミングとかそんなことを言っていた気がしてきたぞ」

「すき焼きはともかく、スキミングはダメなんじゃないですかね……」

海結さんは俺を見上げて眉を下げた。でも笑ってる。なんだか、とても、幸せそうに。

どくどくどく、と鼓動がうるさい。

「あの、峻岳くん。私、あなたが好き」

俺は口元を手で覆ったまま、海結さんを見て固まっている。

「伝えるの遅くなってごめんなさい」

「いやあの全然」

俺はそのまま言葉が出なくなり、言葉は出ないのに身体は勝手に動くという状態に陥《おちい》っていた。つまり、抱き寄せて今度は俺から唇を重ねてって感じで……。

「っ、峻岳くん」

「好き」

名前を呼ばれてようやく言葉が出た。

「好きです。めっちゃ好き。愛してる」

口にしてから思う。そうか俺、海結さんのこと愛してるのか。愛なんて言葉が、俺の口から出る日がくるなんて思ってもみなかった。

レストランでのディナーは、なんというかめちゃくちゃ気恥ずかしかった。ネットで調べまくった評判のいい隠れ家系のフレンチで、目が合ったらお互いにやけながら逸らすし、指先が触れ合おうものなら初々しい中学生みたいに赤面した。お互い敬語をやめようという話になって、なっているのにちょいちょい敬語が出てしまって顔を見合わせて笑った。

なんだこれー！　海結さん可愛すぎるー！　と俺は叫びたい。

『幸せだぁあ！』

脳内ではシャウトしていた。二十八年の人生で、いまがマックスに幸福であるという自信がある。

会計のとき店主に揶揄われた。

「付き合う寸前が一番楽しいですよね。頑張って」

なんとなく、もう付き合ってますとは言えなかった。

片手にぬいぐるみを持って手を繋ぎ、またイルミネーションを見ながら駅まで戻る。もちろん海結さんを送るためだ。デートした三駅先の、山のほうにある住宅街のマンションに住んでいるらしい。

今日はエロいことはしないという決心はまだ堅固だ。決して家に上がったりはしない……決心が砕け散る可能性がある。それはよろしくない。

「あ、ここです」

駅からそう離れていないオートロックの低層マンションだ。このあたりまで来ると家賃が抑えられるので、広いキッチンがある家にしたのだと海結さんは笑った。

「カレーの研究しなきゃなんで。仕事のときにはおじいちゃんちのキッチン使ってるんですけど」

「なるほどなあ」

手を繋いだままオートロックのエントランスを通される。ん、これ部屋の前まで行っていいのかな。

エレベーターの中、俺は時折はにかみながらいろんな話題を口にする海結さんの話を聞く。割と本を読むこと。音楽はちょっとマイナー系の邦ロックが好き。CD貸しますと言われて、俺はその場でCDプレイヤーを買うことを決める。音楽なんてあまり聞かないし聞くとしても配信だから持っていなかったのだ。

三階で降りて廊下を歩く。部屋の前で鍵を出した海結さんの腕を引いて、頬にキスを落とした。唇にしたらなんか、決心を打ち砕いて舌とか入れちゃいそうだった。好きが溢《あふ》れて苦しくて。

「大好き。今日は帰ります。明日も会えたりします？」

海結さんは目を瞬く。あ、お茶でもとか誘ってくれるつもりだったのかな。でもなあ。

「明日はあの――午後から船の手伝いありますけど、それまでなら」

「じゃあ俺、サウナかネカフェで寝てますんで。朝よければ一緒に……」

「あ、外泊出してるから？　でも」

ちら、と海結さんがドアを見る。……これ確実に泊まっていいとか思われてるよな。俺は釘《くぎ》を刺そうとぬいぐるみを海結さんに持たせ、彼女の華奢な肩に手をかける。

「海結さん。俺あんまその、あれなんで」

「あれって？」

「海結さんとふたりきりで、いろいろと我慢できるほどできた人間ではないので。ここで帰ります」

海結さんは目を瞠《みは》り、それからそっと瞼を伏せた。長いまつ毛が何度か瞬いて、それから俺を見上げて口を開く。

「私、その……てっきり」

「てっきり？」

「今日、って。あの、この間の続きを……するのかと……」

海結さんの顔は真っ赤だ。俺は彼女の肩を抱いたままフリーズする。海結さんは目線を泳がせ、声を震わせてぬいぐるみで顔を隠し、続けた。

「あの、私、いままで彼氏とかいたことなくて。だからわかんなくて、従姉に相談したら……多分、今日、ええと」

海結さんは口篭《ご》もった。それからぬいぐるみに顔を埋め、しどろもどろに言う。

「そ、そういうこと、するだろうからって。きゃあ」

俺は海結さんを抱き寄せた。決心が砕け散る。だって今日、俺に抱かれてもいいって思ってくれた海結さんの気持ちのほうがずっとずっと大切だと思った。

ああ、言い訳だ。

独占欲の暴走だ。

このいじらしくて強くて可愛い人を全部、余すところなく、俺のものにしてしまいたい。

「本当に？」

耳元で囁《ささや》くと、海結さんはこくりと頷き、顔を上げた。

「あの、こんなの、誰でもってわけじゃないよ」

海結さんの声が震えている。

「峻岳くんだからいいって思……っ」

唇を塞《ふさ》ぐ。ずっと我慢していた舌を入れる、とってもいやらしいキスだ。

「あっ、ん……っ」

海結さんのあえかな声に頭の芯を痺《しび》れさせながら、左腕でかき抱き、右手で鍵をかちゃりと開けた。家の中に入る——靴箱の上には家族写真。傘立てにはクリーム色の上品な傘があり、姿見が立てかけてあった。茶色いブーツが玄関の隅っこにある。このブーツと今日の靴と悩んでたのかな、とキュンとする。スニーカーにしたのは動きやすさを優先したのだろう。

海結さんの口の中で、舌をさんざんに蠢《うごめ》かせる。口蓋《こうがい》を舐め上げ舌を絡めると、海結さんは苦しさと快感の狭間にいるかのように吐息を漏《も》らす。

家族写真の横にキーケースを置き、ドアの鍵を閉める。そこでようやく唇を離すと、海結さんはトロンとした顔で俺を見上げ、呼吸を荒くしていた。口の端に涎《よだれ》が微かに垂れている。俺はそれをべろりと舌で舐め上げながら、海結さんの腰にいきり立った俺の昂《たかぶ》りを押し付ける。ぴくっと海結さんは肩を揺らしてから、困ったように唇をわななかせた。何か言いたいのかと待ってみると、彼女は「あの」と小さく口を開いた。

「こ、この間。手でできなかったでしょ？　私、触って、みよっか？」

勇気を振り絞ったらしいそんな言葉に卒倒しかけた。なんだそれ……！　でも。

「しなくていいよ。俺、なんていうか……海結さんが気持ちよくなってるところに興奮する気がする」

「こ、興奮？」

「興奮」

言い切って、俺は彼女を抱き上げ廊下を歩き出す。

「ベッド行っていい？」

こくんと海結さんが頷く。顔はかわいそうなくらいに真っ赤で本当に可愛い。

キッチンが併設されたリビングはそう広くない。けれど大きなダイニングテーブルが設置してあるのは、カレー作りで使うのかもしれない。そのほかは小さなこたつとテレビがある。

奥にあるドアを開くと、シングルベッドと本棚が見えた。ベッドに海結さんを横たえ、ぬいぐるみを抱っこさせたままだと気がついて笑い、ぬいぐるみをつついた。

「こいつ、もらっていい？」

「あ、でも、その」

ぎゅうっと海結さんはぬいぐるみを抱きしめる。

「緊張してて……」

「でも俺、海結さんぎゅうってしたいし」

眉を下げて寄せて、うるうるした瞳で、頬を羞恥《しゅうち》で血色良くして、海結さんはぬいぐるみを手放す。俺はそれをヘッドボードの時計の横に置き、海結さんを抱きしめた。

こうして抱きしめると、より彼女の華奢さとか小ささとかまざまざ伝わってきて、やけに胸が痛い。頬に手を当てて再びキスを貪《むさぼ》る。

ちゅ、とわざと音を立ててから離れれば、つうっと唾液の糸が繋がる。重力に従い落ちていくそれを、無意識かもだけど海結さんが少し薄い、小動物じみたピンクの舌で舐めとる。すかさずそれを甘噛《が》みした。

「ん……」

可愛い声にたまらなくなり、ベッドに手をつき身体を起こす。

「ごめん海結さん、俺脱いでいい？」

不思議そうにしている海結さんの前で、がばりと服を脱ぐ。トレーナーもジーンズも下着も靴下も床に投げ捨てて一息つく。……少しマシになった。というのも、とっくに勃《た》っていた俺のは昂ってガチガチになっていて痛かったのだ。ジーンズで押さえ込まれてもう限界だった。

海結さんが口元に手を当て、耳まで紅潮させて俺のを見ていた。経験ないってことは、多分異性の性器なんてグロテスクに見えていると思う。

血管と裏筋をくっきり浮き立たせて、肉張った亀頭からは露を溢れさせている、それ。理性なんかかなぐり捨てて海結さんのナカで好き勝手動いて欲望を吐き出せと血液を回している。

でもそんなんしないけどな。

だって俺は海結さんを愛しているので。

「あの、私も……その、脱ぎます」

「や、寒くないか？　着てるほうがえろいという見方もあるし」

「き、着てるほうがえろ……⁉」

海結さんは驚愕《きょうがく》を絵に描いたような表情を浮かべ、それから「えへへ」と笑う。

「わ、私胸小さいからそのほうがいいかも……」

「よし脱ごうか」

「なっなんで⁉」

なんでって、海結さんの身体に素晴らしくない箇所なんかないからだ。

目を丸くしている海結さんを問答無用でするっと脱がせる。海結さんは戸惑いながらも抵抗なくおとなしくしてくれていた。タイツを脱がせてブラジャーとショーツだけにしてしまう。

「……ひとつ、聞いていいかな海結さん」

「なあに？」

恥ずかしそうに胸元を押さえつつも、俺に向かって小さく微笑む海結さん。くそ可愛い。可愛いし、なんていうか、……えろい。いや、えろいどころの騒ぎじゃない。

「こういう系統の下着は、普段から？」

乳首さえ隠れてればいいよね！　みたいな、ほかの肌が透けて見える黒いレースでできた下着。上下ともに、だ。しかも紐パン。

「あ、ええと。従姉が可愛い下着の店あるのって連れて行ってくれて。もう二十代半ばなんだから、大人のランジェリーにしなさいって。私よくわからないから、薦められるままに」

「なるほど」

どうやら海結さんの従姉さん、海結さんになにやらけしからん感じの教育をしていたようだった。目は幸せだけれども。

「こういうの、俺といるときだけにしてくれない？」

「え、なんで？」

「えろくて可愛いから、服着てたとしても他の男の前でこれ着ないでほしい。普通に嫉妬と独占欲です。ごめんな」

素直に伝えると、海結さんは「えろ……？」と目を丸くして、それから顔を覆った。覗いている耳が赤い。

「また私、加奈ちゃんに騙されたー！」

「よくあるの？」

「結構……」

悔しそうな海結さんの膝に頬を寄せる。びくっとした彼女の鼻の頭に手を伸ばしくすぐりながら笑った。

「でも俺といるときは着てよ。すっげーえろくて可愛いよ」

レースの上から胸の先端を弾《はじ》く。びくっと肩を揺らしつつも「やだ」と海結さんはかたくなに首を振る。

「なんで」

唇を尖らせた海結さんの膝にキスをして、それから脚を持ち上げる。

「え、しゅ、峻岳くんっ？」

俺は恭《うやうや》しく持ち上げた海結さんの足の甲にキスを落とす。骨に沿ってべろりと舐めて、親指の付け根にちゅっと吸い付いた。

「峻岳くんっ」

「んー？」

「その、待って。あの私、足、運動してたし、その、蒸れてて」

「うん」

「だからあの、その、だめっ……」

言葉を無視してべろりと親指を舐める。

「ひゃうんっ」

シーツに肘をつき、海結さんは俺を必死に見つめている。いや、いや、と半泣きで首を振る海結さんに余計に下腹部に血が回る。

「なんで？　気持ちよくない？」

「そ、そういう問題じゃ」

「じゃあ気持ちいいんだ？」

俺は海結さんの足の親指をすっかり口に含む。海結さんの脚がわななないた。俺は海結さんの顔を見ながら足の裏もべろりと舐めてしまう。踵《かかと》を噛むとびくっと脚が上に跳ね、レースに覆われた付け根が丸見えになる。

「かわいい」

誘い込まれるようにそこに顔を近づけた。海結さんが慌てて逃げようとするから、腰を掴んで固定する。レースごとべろりと舐めると、海結さんは「や」と震えて声を上擦らせた。

「汚いから……！」

「海結さんの身体に汚いとこなんかないよ」

俺はそう言いながらレース越しに肉芽を舌でぐりぐりと押し潰《つぶ》す。

「ゃ、あっ、んんっ」

海結さんの腰が跳ねた。肘をついていた腕から力が抜けたのだろう、シーツに上半身を預け枕を掴んでいる。

そうしているうちに、じゅわっと彼女の身体から蕩けた水が滲《にじ》み出てくる。善《よ》がってくれているのが最高に嬉しい。

肉芽が芯を持つのが舌でわかる。やけにキュンとして、歯で甘く噛んだ。

「っあ、峻岳く……っ」

海結さんの手が俺の髪を掴む。構わずに舌と歯でクロッチをずらした。

「あ、だめ」

海結さんが甘く濡れた声でそう言うけれど、正直煽《あお》っているだけだと思う。俺は指で肉芽の皮を剥《む》き、舌先でつつく。

「あ、ああっ、ううぅ」

海結さんの腰が上がる。ひゅうひゅうと呼吸に甘い声が混じってたまらない。

「海結さん、気持ちよさそう。可愛い」

俺は肉芽を舐めしゃぶりながら、自身がさらに怒張していくのを感じた。

ああもうこれダメだ……興奮しすぎて痛い。片方の手で昂りを軽く扱《しご》きながら、海結さんの肉芽にちゅうっと吸い付いた。悲鳴と嬌声《きょうせい》の入り混じる上擦った高い声で海結さんは泣きながら首を振る。海結さんの髪の毛が乱れていく。

それがひどく淫靡《いんび》に感じ、俺はごくりと生唾を飲み込んだ。まっさらで無垢《むく》な海結さんを俺のものにして、俺の色だけに染め上げていく興奮。

「……はは」

あまりの愉悦に思わず笑い、肉芽をしゃぶり、舌で潰し、吸い付いて甘噛みする。そのたびに海結さんは泣きながら喘《あえ》ぐ。腰が跳ね、明確に達しているのを何回も俺に知らせてくる。俺は低く笑いながら海結さんを弄《いじ》るのをやめられない。可愛くてたまらない。もっとたくさん善がらせたい、泣かせたい、イかせたい。

俺はゆるゆると扱いていた自身から手を離し、海結さんの付け根に指を伸ばす。

はっと息を呑んだ海結さんのナカに、ゆっくりと中指を挿《い》れ込んでいく。温かな泥濘《でいねい》のようなソコは、細かく痙攣《けいれん》を繰り返していた。

「可愛い……」

俺は海結さんの表情を見ながら、指を深く沈めていく。海結さんは頬を上気させ、快楽に眉を寄せ、狂おしげに浅い呼吸を繰り返す。

指を微かに動かした。きゅうっと吸い付いてくる健気《けなげ》な粘膜、うねり絡みつく肉襞。

ここに挿れたらたまらないだろうなと、興奮で息を詰めながら、ゆっくりと馴染ませていく。

俺は海結さんの膝に頬を寄せキスをしながら口を開く。

「痛くない？」

「……ん」

頷く海結さんはたまらなく健気で可愛い。

指を動かすたびにくちゅっと蕩けた水音がする。ゆっくりと狭いソコを拡げるよう動かしているうちに、びくっと海結さんが脚を跳ねさせる。

「う、あっ」

小さく喘ぐ海結さんの顔を覗き込む。その綺麗《きれい》な額にしっとりと汗を浮かばせ、海結さんは悩ましい目で俺を見上げた。

「ここ、気持ちよかった？」

俺はまた同じところ――肉芽の裏側あたりのそこ――を指で擦る。ぬるぬるの粘膜がきゅうっと俺の指を締め付ける。ぐりぐりと擦り上げると海結さんの脚が、おそらく無意識だろうが開く。腰が淫《みだ》らに揺れて、海結さんは「訳がわからない」という顔をしながら半開きの口から小動物みたいな薄い舌を覗かせている。

最高だな、と心底思った。下腹部にどんどん血が溜まっている。貧血になったらどうしようと思うくらい、昂りは限界までガチガチに硬くなっている。先走りがとろりと幹を伝って根本に落ちていく。

柔らかさを増した粘膜から溢れる液体がトロついて空気が入り混じってか白っぽくなる。手のひらまでもそれでぐちゃぐちゃに濡《ぬ》れてしまう。

「あ、やだ、っ、も、やだ」

海結さんの目からぽろりと涙が零《こぼ》れ落ちる。

「なんか、きちゃう、へんなの」

舌足らずになりながら身体を捩《よじ》らせ、快楽から逃れようとする海結さんを片腕で押さえつけるように抱きしめる。そのとたんに、海結さんのナカがぎゅうっと一層強くわないた。指が折れんばかりに締め付けられ、海結さんから淫らな水が溢れる。上がりかけた海結さんの腰を身体で押さえる。

「う、ううっ」

海結さんは唇を引き結び、目を強く瞑《つむ》り眉をかわいそうなくらい寄せ喘ぐように呻《うめ》いた。

必死で声を我慢しているらしい。指を再び蠢かしながら、その唇にキスを落とす。

「な、海結さん。声聞きたい。聞かせて」

「や、っ……恥ずかし、んんっ」

指を増やしてナカでバラバラに動かし、親指の腹で肉芽を潰した。海結さんは「あ、ああっ」とあえかに喘ぎ、目を見開く。

「だめ、それ、声我慢、できなっ、いぃ」

「そっか、いいこと聞いた」

俺は海結さんから溢れたぬるついた液体を肉芽に擦り付けるようにして動かす。海結さんはもはや泣いていた。初めてだろうにめちゃくちゃ感度いいな、と興奮した頭のどこかで考える。これ、もっと慣れたらどうなるんだろう。

知らず、頬が上がる。

たまらない想像だった。気持ちよくさせて、イかせて、たくさん絶頂させて、もう俺なしで生きていけないようにしてしまいたい。

「や、峻岳く……なに、考えてるの……？」

海結さんが俺を見上げ唇をわななかせた。危ない危ない、俺ほんとなんでも顔に出る。

「んー？　海結さんが俺のこともっと好きになってくれる方法かな」

そう言いながら指を奥に進める。最奥の感触が変わっていて、嬉しくなって唇の端を上げた。

「海結さんの子宮、下がってくれてるのかな。嬉し」

「え？　あっ、あんっ、し、子宮……？」

喘ぎながら混乱している海結さんの子宮の入り口を、指でぐりぐりと押し上げる。

「あ、あああああっ」

海結さんはシーツを握り顎を反らす。

「あれ、海結さんポルチオ感じるんだ、よかった」

思わず呟いたけれど、海結さんはそれどころじゃないらしい。がくがく震えながらきゅうきゅうナカを締め付けて、トロトロ淫らに粘液を溢れさせている。「いや」とか「だめ」とか「壊れる」とか喘ぐばかりで、多分もう俺の言葉も耳に入ってない。

「はー、可愛い。すげえ弱いじゃん」

汗ばむ額に何度もキスを落としながら呟いた。どんだけ気持ちいいのに弱いんだこの子。あんなに普段強いのに……。

さらに指を増やす。入り口をほぐすように拡げながら、ナカもたっぷりと慣らしていく。シーツがすっかり濡れそぼった頃、俺はようやく海結さんから指を抜いた。

海結さんは速く呼吸を繰り返しながら、シーツでくてんと横になっている。ずらされたショーツは彼女から溢れた液体と俺の唾液で濡れそぼり、肌に張り付いている。

「挿《い》れていい？」

俺は海結さんに自分のを見せつける。痛くて痛くてたまらない。ぽと、と先走りが落ちていく。

「う、ん」

小さく頷く海結さんの頭にキスを落として、俺はベッド下に脱ぎ捨てたジーンズの横に放り投げてあったショルダーバッグから、ゴムを取り出し、表裏を確認し昂りにつける。それを見ながら海結さんは不安そうに「入るかなあ」と呟いた。

……まあ確かに、俺のはどうやらでかいほうだ。俺も心配になる。

「痛かったら言って？」

さらりと海結さんの髪を撫でると、彼女は小さく首を振った。

「痛くても、頑張りたい。……好きだから」

ストレートに告げられて、俺は海結さんを強く抱きしめる。押し潰すみたいに抱きしめ、ちゅっちゅっと何度もキスを落とす。

「大好きだよ」

「……私も」

はにかむ海結さんがとても可愛い。キュンとする温かさと同時に、得体の知れないどろりとした衝動が腹の奥を重くしてくる。早く自分のものにしてしまいたいと、そんな欲求だった。

それに従い、俺は身体を起こし彼女の脚を開かせ、昂りを彼女の入り口に充てがった。さんざんにほぐしたそこは、トロトロに蕩け、物欲しそうにヒクヒクと微かに収縮している。

「挿れるな？」

もう一度確認し直し、彼女が頷くのを見届けてからゆっくりと自身を埋め込んでいく。

「う、お」

思わず声が出かけた。はあ、と低く息を吐く。なんだこれ、気持ちよすぎる。まだ先っぽだけなのに、キュンキュン吸い付かれて出そうになる。思わず掴んだ膝裏に力を入れそうになり、慌てて緩めた。

海結さんは痛くないかと顔を見ると、目を丸くして何度も瞬いていた。

「どした？」

「え、あ、なんか、変な感じ……」

はっ、はっ、と浅く呼吸しながら海結さんは俺を見上げる。

どうやら痛くはないと判断して、ぐっと腰を進める。柔らかくなった肉厚な粘膜にきつく包み込まれる感覚が死ぬほど気持ちいい——と、さすがに痛かったらしい。微かに呻く海結さんの声に腰を止めた。

「大丈夫？」

「う、うんっ」

海結さんはハッとしたように頷く。それから目を細め、ふにゃりと笑った。

「あの、でも、大丈夫だよ。たくさん気持ちよくしてもらったから。その……峻岳くんの好きに動いてね」

俺はぐっと息を呑んだ。ずるい、ずるいだろ、可愛い。海結さんの可愛さが怖い……！

俺は海結さんの腰を掴み、少し引いては奥に進め……と、少しずつ馴染ませていく。みちみちと隘路《あいろ》を拡げていく感覚が、やばいくらいに独占欲を刺激する。

俺の、と頭のどこかで思う。

もうこれで海結さんは俺の。もう絶対離さない。何があっても離れない。死ぬまで俺の、俺だけの海結さん。

そんな感情を「好き」という耳触りのよい言葉に変換して、ひたすら海結さんに囁く。

「好き、海結さんほんとに好き、可愛い。愛してる」

痛みに耐える眉目がいたわしく、肉芽をぐりぐりと押し潰す。海結さんは高く喘ぎ、痛いはずのナカをうねらせる。

早く痛みがなくなるようにと祈り、肉芽を弄りながらゆるゆると腰を動かす。めちゃくちゃ気持ちいい、気持ちよすぎて、もっと気持ちよくなりたくてたまらない。海結さんの腰を掴んで思うさま振りたくったら、すげえ気持ちいいんだろうな。まだしないけども。

海結さんに、俺とのセックスはめちゃくちゃ気持ちいいんだって覚えてもらわなきゃいけない。頑張ろう、と思う。

「海結さん、可愛い」

ちゅっ、と海結さんの膝にキスをしてそのままべろりと舐める。

「ひゃあ、っ」

「好き、めちゃくちゃ大好き」

そうやって緩やかな抽送を繰り返しているうちに、ようやく奥に先端が当たる。とたんに海結さんの声に艶《つや》が混じる。

海結さん本当に奥、感じるんだな。

俺は子宮の入り口を肉張った先端でぐりぐりと押し上げる。

「ひゃあ……ぁ、ぁっ」

海結さんの肌がドッと汗ばんだのがわかった。舌なめずりしてしまいながらゆっくりと、最奥を押し上げるようにして全部挿れ込む。接合部が触れ合い、水音を立てる。

「や、痛……きもちぃ、っ」

海結さんがトロトロになった顔で言う。痛いのと気持ちいいのとぐちゃぐちゃみたいで、なんか興奮してしまう。

「もっと気持ちよくなろうな？」

汗ばんだ額に手を伸ばし、よしよしと撫でる。髪の毛は乱れ切っていて、俺は「解《ほど》いていい？」と海結さんの顔を覗き込んだ。

「ぁあっ！」

昂りの角度が変わって、それが気持ちよかったらしい。俺はほくそ笑み、奥ばかりをとちゅとちゅと刺激する。

「可愛い……」

俺は海結さんのお団子を解く。ふわふわの髪ゴムを外して、ピンを一本一本抜いていく。さらさらと髪を梳《す》きながら、頭を自分ができる限りの優しさをもって撫でる。可愛い、愛おしい、そんな感情が伝わるように。

同時に海結さんの最奥を苛《さいな》むのもやめない。健気に締め付けてくる肉厚な粘膜は、トロトロと液を染み出させてうねり、俺のものをくいしばる。

「あ、ああっ、あっ」

優しく奥を抉《えぐ》るたび、海結さんから上擦った喘ぎが漏れる。俺は海結さんが「小さい」と気にしていた乳房の先端を下着のレース越しにきゅうっと摘《つ》まんだ。

「やんっ！」

海結さんが腰を跳ねさせる。さらさらの髪の毛が海結さんの顔にかかる。

俺は腰の動きはそのままに、芯を持った先端をこね回したり乳房ごと手のひらで押し潰したりするのについ夢中になる。だって海結さんがそのたびに敏感に反応し、ナカを締め付けてくるから。

ぐちゅぐちゅというトロついた粘液の音、海結さんの喘ぎ混じりの吐息、ぎしぎしうるさいシングルベッド、俺の獣《けもの》じみた呼吸の音。

俺の身体の下で、陶然と頬を染め快楽と苦悶の合間の顔で髪の毛をぐしゃぐしゃにして大好きな女性が喘ぐ。

気を抜けばすぐにイッてしまいそうなほどの締め付けに、頭の芯が真っ白になりかけて——。

「う、んっ」

海結さんの苦しそうな喘ぎにハッとする。少しだけ腰の律動が速くなっていたらしい。慌てて海結さんの頬を撫でキスを落とす。

「ごめん、気持ちよすぎて」

顔を包み込み、身体ごと閉じ込めるみたいにして、奥を優しく突き上げる。

——と、海結さんが俺の首に腕を回し、しがみついてくる。

突き上げるような愛情。

キュンとして息もできなくて、俺は彼女の唇にむしゃぶりつく。口の中まですっかり舐め上げながら、昂りを締め付ける粘膜の痙攣を感じている。

微かに入り口がきゅうっと窄《すぼ》み始めている——肉襞のうねりが、強くなっている。

「イきそう？」

唇を重ね合わせたまま、聞いてみる。海結さんは半泣きで「わかんない」と上擦った声を出し俺にしがみつく。

「わ、わかんない、ほんと、頭ぐちゃぐちゃ」

「うん、そっか。いいよ、可愛い」

俺はぎゅうっと海結さんを抱きしめる。小さな身体はすっぽりと俺に覆われて、全部俺と繋がって、揺さぶられて、とても気持ちよさそう。

粘膜を昂りで擦り上げるたびに零れる、ぬるぬるとした水音。

「は、ぁっ、峻岳くん」

海結さんの声が裏返りかかっている。

「どうしたの海結さん」

「っ、あ、んんっ、なにか、きちゃうの」

「うん」

「や、だぁっ、怖い……っ」

「怖くないよ、俺いるから」

こくこく頷きながら海結さんが「ぎゅってして」なんて甘えたことを言う。

「峻岳くん、ぎゅうってしてて」

普段の海結さんからは考えられない口調と、甘え切った声。初めてそんなふうになってくれたことが嬉しくてたまらない。可愛い、大好き、頭がそれでいっぱいだ。

俺は言われたとおり彼女を強く抱きしめ直す。そうしてゴリゴリと一番奥をこねくり回すみたいに突き上げた。最奥が柔らかく先端を包みながらキュンとしゃぶるみたいに吸い付いてくる。隘路は昂りの幹を強く締め上げて——。

やばい、気持ちいい。

「峻岳くん、っ……ふぁ……っ」

悲鳴みたいに俺の名前を呼ぶのと、海結さんのナカがひどく痙攣するのとは同時だった。入り口が強く窄まり、俺のを抜かせまいと必死だ。ちょうだい、ちょうだいと言わんばかりに粘膜がうねり、キュンキュンと収縮しながら昂りにしゃぶりつく。

俺にしがみついた海結さんの手に力が入る。背中に傷ができているかもしれない。嬉しい。

「はぁ、ぁ……」

上擦ったため息のような呼吸とともに、がくんと海結さんが四肢から力を抜く。なのにナカは余韻でまだヒクヒクと痙攣し続けている。

はあはあと浅く速い呼吸で海結さんの肩が上下していて、それを目の当たりにして、ようやく、本当にようやく、身体の奥で蠢いていた独占欲が満たされる。はあ、と息を吐き頭に頬擦《ほおず》りをする。

「可愛い、ほんと可愛い、大好き海結さん」

「ん……っ」

頭とか額とか頬とかにキスを繰り返す。そのままもう一度閉じ込め包み込むみたいに彼女を抱え込んで、抽送を再開する。

「俺もイきたいから、少しだけ強くしていい？」

海結さんは俺の腕のなか、小さく頷く。

「痛くないか？　嫌だったら言ってな？」

律動を速めながら、そう真っ赤になった耳元で尋ねる。海結さんは力が入らないだろう腕を動かして、俺の背中に優しく手を伸ばす。

「好き、気持ちいい、大好き」

少し舌足らずになった口調でそう並べ立てられ、理性が切れかける。必死で繋ぎ直しながら、それでも腰が速まるのを止められない。

「あ、あんっ、あっ」

「っあ、ごめん海結さん、好き」

俺の昂りが海結さんのナカでずるずると動く。もう出そうになってる。腹筋が微かに痙攣して、欲がもうそこまで上がってきているのがわかる。

「出る、っあ、イく」

出た声はみっともなく掠《かす》れていた。海結さんの気持ちのよさそうな箇所をゴシゴシ擦り上げ、最奥を突き上げる。

「好き、好きだ、愛してる……っ」

言葉が止められない。溢れる感情で胸が苦しい。

誰かを本当に愛するって、こんなに狂おしいものなのか。嵐みたいな感情に翻弄される。

俺は海結さんのナカでゴムの被膜にたっぷりと欲を吐き出し、力を抜いた海結さんをこれでもかと強く抱きしめ直した。

髪の毛に鼻の先を埋める。海結さんの匂いがする。愛してる。

陶然とする頭で、俺はもう彼女から離れられないだろうということだけ強く理解していた。

【三章】

朝起きたら身動きが取れなかった。誰かに抱きしめられている……？

「おはよ」

低くて掠《かす》れた、甘い声がした。

私は寝起きでぼんやりした頭で、顔じゅうにキスを落としてくる峻岳《しゅんがく》くんをぼんやり見つめた。精悍《せいかん》な眉目はいまはすっかり目尻を下げ幸せそう。嬉《うれ》しげに頬擦《ほおず》りされ、そこでようやく

「わあ！」と目がちゃんと覚めた。

「お、おおおおはよう」

恥ずかしすぎて布団の中で身を縮めると、彼は「海結《みゆ》さん」と甘い甘い声で私を呼びながら筋肉質な脚を絡めてくる。そうして抱きしめ直されすっかり彼に閉じ込められてしまった。困って峻岳くんを見上げると、彼は嬉しげに目を細めた。

「可愛い」

「あ、あんまり言わないで。照れる……」

嬉しいのだけれど。とっても嬉しくてキュンとしてしまうのだけれど、それで変な顔しちゃいそうで怖いのだ。

「嫌だ。言う」

あっけらかんと言い返され、私は目を丸くした。そんな私の目元にキスを落とし、峻岳くんは幸せそうに私に頬擦りをする。

私だって、幸せで幸せでたまらない。


クリスマスにはお休みを取った峻岳くんと市内でお泊まりデートに誘われた。レストランまで予約してくれて、たっぷり甘やかされて。年末年始も帰省しなかったらしい彼と初詣やお祭りに出かけて、びっくりするくらい日々大切にされているって思う。時々訓練だろう、急に連絡が取れなくなるけれど——これは事前に言われていたから大丈夫だった。惜しみなく注がれる愛情に、彼のことを疑ったりなんか、とてもできない。

順調に私たちは交際を重ね、季節があっという間に進んでいく。

それは、彼が訓練から帰ってきた翌朝のことだった。桜が満開になりつつある三月末の出来事――。

近くのパン屋さんでパンを買ってきてくれるということになり、私はその間にコーヒーを淹《い》れる。

「うう……腰、痛い」

お湯を沸かしながら腰を撫《な》でる。

だって昨夜、まさかあんな姿勢にされると思ってなかった。というか、訓練明けだというのに峻岳くんはとても元気で元気で元気だというのを身体で覚えさせられた。

『いや、訓練で食用の蛇食ったんだけど、半生だったみたいでさ。精力増強みたいな？』

『は、半生の蛇ってそうなの!?』

ほかに突っ込むべきところはいっぱいあった。なんで食用の蛇を訓練で食べているのかとか、なんで半生で食べざるを得なかったのかとか。でもびっくりしすぎて、そこしか聞けなかったのだ、

『わかんない。でもごめん、すげえ元気』

……みたいな会話をしたところまでは、なんとかちゃんと記憶があるのだけど。

あのあと、『久しぶりだったからって、いっぱいしちゃってごめん』と申し訳なさそうに言っていたけれど、抱かれている間じゅう、慈しまれて気を遣われているのがわかっていた。だ

から、幸せで、気持ちよくて……つい、私からもたくさん求めてしまって。

そこまで思い返して、お腹が切なく疼《うず》いて慌てて思考を切り替える。つい最近まで、まさか、こんなに自分が淫《みだ》らだとは思ってもみなかった。

「しゅ、峻岳くん何系が好きかな〜」

私は慌ててパントリーからコーヒーの粉を出してきてひとりごちる。このままだと帰ってきた峻岳くんにまた甘えてしまいそうで……。

と、そのとき。ダイニングテーブルの上でスマホが何度も振動していることに気がついた。

「え？　あれ、峻岳くん、スマホ忘れてる」

私はチラッとそっちを見て、一瞬ギョッとする。だって〝ひいちゃん〟って人からメッセージがいくつも届いてたから。

内容までは、見てないけれど。

「ひいちゃん……？」

私は小さく呟《つぶや》く。ひいちゃんって、誰なんだろう。

なんとなくそのことについては聞けなかった。だって、あんなに愛情を示してくれている峻岳くんに対して、それを疑っているように取られるんじゃないかって、心配で、申し訳なくて、るのを見たとき。

通話が聴かれないようにか、少し離れたところで困ったような、でも優しい笑顔で会話してい
デート中にメッセージ返してるのを見たとき、「ごめん」って電話に出てるのを見たとき。

でもなんか、疑念みたいのは育ってしまう。

気後れして。


私は彼にちゃんと愛されてるの、わかってる。とっても大切にされているのも。

なのに、お腹の奥にぐるぐるとした、何か暗くて黒いものが溜まっていく。タールみたいに
絡みついて、取れないやつだった。

私はそれを抱え込みきれず、つい加奈《かな》ちゃんに話してしまった。薄く広い付き合いを信条と
している私にとって、一番仲のいい同年代は加奈ちゃんなのだ。

「わかった。海結はね、現地妻。本命が地元にいんのよ地元に」

私はキッチンカーで加奈ちゃんの言葉を聞いて、それからムッと眉を寄せて睨《にら》む。

「峻岳くん、そんな人じゃないもの」

「わかんないよー？　海自の隊員なんて港ごとに愛人いるらしいし」

「まさか、そんな」

「マジだって。友達それで離婚したもーん」

私は呆然《ぼうぜん》と目を丸くする。まさか、まさかそんな。

「いや大半は真面目だと思うよ？　でも友達の旦那さんもクソ真面目そうだったのに結局そうだったもんね〜、メガネかけてんのに。まったく、メガネ男子の面汚しよね」

「そのへんよくわかんないけどさ……」

私はキッチンカーから外を眺《なが》める。桜が満開だ。

私たちは、今日は市内の大きなグラウンド兼公園みたいなところで行われる運動会イベントに参加していた。

運動会といっても市や町内会のイベントじゃなくて、民間のイベントだ。音楽フェスと連動させたもので、結構規模も大きい。五人ひと組で参加できて、優勝グループには長崎《ながさき》和牛一年分がプレゼントされる。そのほかにも豪華賞品盛りだくさんということで、全国……は言いすぎにしても九州じゅうからは集まっていそうだった。

音楽と喧騒《けんそう》でざわめくなか、加奈ちゃんは明るく言い放つ。

「地元にいる本妻、どんなだろうねー？」

「ひ、ひどい。だいたい本妻だなんて」

「もう結婚してて、こっちには単身赴任かもよ？」

「峻岳くんそんな人じゃないもん……お正月だって、こっちいてくれたし」

「じゃあ誰なの、〝ひいちゃん〟。メッセージ即レスで、電話必ず出る相手」

「そ、それは」

「ひなとか、ひまりとか、ひよりとか、そんなかな？　名前」

「やめて」

私は耳を塞《ふさ》ぎ唇を尖《とが》らせる。

「加奈ちゃんに相談したのが間違いだった」

「まあいいじゃん、別に。最初の彼氏だし結婚とか考えてたわけじゃないしょ？」

「しょ？　って……」

「だいたいさあ、なんか慣れてるな～と思ったんだよね」

「慣れてる……、って、なにが？」

「ほら。こないだたまたま一緒に食事に行ったじゃん」

「うん」

「鈴木《すずき》さんって海結と話すとき、少し身体をかがめるでしょ？　目線合わせるために。歩幅自然に揃《そろ》えたりするし、あとドア開けたりするタイミングとかさ、女に慣れてる男の仕草《しぐさ》よあれは」

「慣れて……は、そうかもだけど。峻岳くん人を見てるし気遣いやさんなの」

あんなにかっこいい人だもの。彼女とか、たくさんいたのかもだけど。

私はお玉を手に取り、カレーをぐるぐるかき混ぜる。

平静を装っているけれど、実のところ、私は結構泣きそうになっていた。その可能性を、一生懸命に考えないようにしていた。〝ひいちゃん〟が、峻岳くんにとって一番大切な人なんじゃないかって可能性……。

だってもう、峻岳くんを大好きになってしまっていた。彼なしの人生なんて、もう考えられないくらいに――。

「あ、いた！　海結さん！」

キッチンカーの外から聞こえた大好きな声に、窓から顔を出す。そこに立っていたのは、黄色いTシャツを着た峻岳くんだった。いつも通りの快活で精悍な笑顔にホッとして、さっきまでの泣きそうな気分が霧散する。そうだよ、こんなに優しい人だもん。浮気なんてしていないに決まってる。

「どうしたの？」

今日このイベントに、お友達と出るのは知っていたけれど……。

「実は海結さんの助けがいるんです！　加奈さん、ちょっと海結さんお借りしていいですか！」

「うんいいよ～」

さっきまで峻岳くんを浮気もの扱いしていたとは思えない笑顔で加奈ちゃんは手を振る。私は首を傾《かし》げながらキッチンカーから降りた。

「どうしたの？」

「それが、二人三脚してくれる女性を探していて！」

「二人三脚……？」

聞けば、なんでもグループには女性か小学生以下の子供をひとり以上入れなくてはいけない決まりで、二人三脚には必ず参加とのことらしい。さっきまで赤田《あかた》さんの彼女さんがいてくれていたそうだけれど、急な仕事で帰宅してしまったそうだ。

「そうだったの。……あ、ごめん、電話してくれてたんだね。着信気がつかなかった」

電話したが出ないため、わざわざグラウンドエリアから、キッチンカーのあるエリアまで走ってきたらしかった。グラウンドエリアに向かう遊歩道を歩きながらスマホをポシェットにしまうと、いまから二人三脚だと放送が入る。

「え、二人三脚もう始まるじゃん。ここからグラウンドまで一キロくらいあるよね、急がなきゃ。走ろ！」

「や、海結さんは体力温存しといて！」

言うが早いか、峻岳くんは私を抱き上げる。お姫様抱っこ！　と目を瞬《また》く間に彼は走り出す。

「きゃああ！」

「つかまってて な」

私を見下ろす峻岳くんの笑顔。大好きな微笑《ほほえ》み。うん、〝ひいちゃん〟が誰かわかんないけど、きっと大丈夫だ。

いまにも溢《あふ》れそうな満開の桜色の下で、私はそう思って微笑み返した。

グラウンドに到着して下ろしてもらう。いつもの信号の皆さんが手を振っていた。全員黄色いTシャツを着ている。気づかなかったけど、背中に〝水機教〟と文字が入っていた。

「あ、これ水機の教育にいたときのお揃いTシャツ」

水陸機動団に入ったとき、全員五週間の教育訓練を受けるらしい。

「大変だった？」

「うーんまあ、でもやりがいはあったかな」

私は目を瞬き頬を緩める。峻岳くんは自分にとって難しいと感じることに挑むのが好きなのだ。釣《つ》りもその一環らしい。

私にはないところだから、素直にかっこいいと思う。

「ごめんね、海結ちゃん」

赤田さんに言われ首を振っている私に、峻岳くんが紐を渡してくる。

「いち、に、いち、に、で行こうか」

頷《うなず》くと、「無理だろ」と赤田さんが突っ込んだ。

「身長差何センチだよ。海結ちゃん転けちゃうじゃん。黄瀬《きせ》ならいいかな？　黄瀬何センチだっけ」

「オレ百七十ジャストっス」

私の横に黄瀬さんが並ぶ。お〜、と声が上がった。

「二十センチ差カップルがちょうどいいって噂《うわさ》、マジなんだな」

「しっくりくるな」

そう言う赤田さんと青林《あおばやし》さんの横で、峻岳くんが面白くなさそうな顔をしながら紐を渡してくる。

「黄瀬、いいか。必要最低限以上の接触は絶対に絶対に絶対にやめろよ」

「いやでもまあ、二人三脚っスよ？　くっついて走んないと」

爽《さわ》やかに答える黄瀬さんは歯噛《が》みする峻岳くんに手を振り、二人三脚の列に並ぶ。

ふと、黄瀬さんが口を開いた。

「山口《やまぐち》さん、久しぶり〜って言いたかったんだよねオレ、ずっと」

「え？　ああ、そう……でした？」

つい先週にも釣りに来てもらってた気がするけれど。首を傾げる私に黄瀬さんは朗らかに笑った。

「覚えてないかな」

「黄瀬さんですよね」

黄瀬さんは軽く頷いて、とある中学校の名前をあげた。私は目を瞬く。

半年だけいた学校の名前だった。

私がおせっかいでめちゃくちゃ浮いちゃった学校の名前だった。

あの学校で、私が庇《かば》った……ううん、庇ったつもりでいた男の子の名前を、ようやく私は思い出す。

「黄瀬くん」

「久しぶり」

黄瀬くんはにこっと私の顔を覗《のぞ》き込む。私は紐を持つ手に力を入れてしまった。ちょっと泣きそうだ。

「っあ、ご、ごめん」

「え？　なんで、どうして」

黄瀬くんはオロオロしている。私は目元を一生懸命に拭《ぬぐ》った。

「だ、だって。私のせいで、黄瀬くんまで浮いちゃったよね。ずっと謝りたかったの。本当にごめんなさい」

「え、全然違う。オレずっとお礼言いたかったんだ」

「お礼……？」

「いじめられてるの、助けてくれてありがとね」

黄瀬くんはニコニコと私に微笑む。

「ずっとしんどかった。山口さん来てくれて、みんな距離置いてくれて、ほんと助かった」

「そんな……だったっけ？」

「んー、みんなにはいじめてる自覚なかったぽいけどさ。オレは嫌だったから」

「……そっか」

「お礼言いたかったのに、山口さんすぐ転校しちゃって。釣り船で再会したとき、面影あってそうなのかなとは思ってたけど、聞けないしさ。確信したのは転校多かったって聞いたとき」

「ああ、あのときか」

「うん。遅くなってごめんね。あのときは本当にありがとう」

ううん、と言いかけた私の腕を誰かが引いて、ぽすんとその人の腕の中に閉じ込められる。

見上げると、峻岳くんだった。

「峻岳くん……？」

「黄瀬」

峻岳くんの声のトーンはいつも通りの穏やかなもの。でも、目がスンっと据《す》わっているのがわかった。その眼光に思わずびくっとしてしまう。彼の頬は緩んで微笑んでいるのに、目だけはひどく剣呑《けんのん》だった。

「海結さん、なんで泣いてんの？　何かした？」

優しい声だった。でもその裏に荒々しい感情があるのがはっきりとわかる声だった。

私は慌てて「峻岳くん！」とその大きな手を握る。大きすぎて、カップル繋ぎしにくい分厚い手のひら。その指先はやけに冷えていた。

「ち、違うの。黄瀬くん、同級生だったの」

「同級生？」

「前話したでしょ？　おせっかいのせいで、半年くらい浮いちゃってたって。その、私がいじめられてたって勘違いしてたのが、黄瀬くんだったの。びっくりしてちょっと涙腺が変な感じに」

「あ、……へえ。そんな偶然あるんだ」

峻岳くんは目を瞬き、私から手を離しぽりぽりと短い髪の頭をかく。

「えー。ごめん、黄瀬。海結さんなんかされてんのかと思って」

「や、こっちこそ泣かせてすんません」

黄瀬くんは「オレ、昔小さかったのもあって」と苦笑した。

「昔から軽くいじめみたいなの受けてたんす。中二のときはほんとエスカレートしかけてて、すっごい嫌で。でも、山口さんが庇ってくれて、それ以来構われなくなったんです」

けど、と黄瀬くんは眉を下げた。

「女子に庇われてーっていうのが、オレ的に恥ずかしくて。それで空手始めて、それきっかけで自衛隊誘われたんです。だから、いまのオレがいるのは山口さんのおかげだよ」

最後の言葉は私に向け、黄瀬くんはにっこりと笑う。

「……と。順番だ。いこっか、山口さん。鈴木さん、山口さんお借りします」

「おう」

峻岳くんが「海結さんもごめん」と頭をポンポンと叩《たた》く。そうして背を向け観戦エリアに戻る彼を見送りながら、黄瀬さんと足を紐で結ぶ。

「これも覚えてないかなー？　体育祭で、オレら二人三脚したの」

「え、そうだっけ」

スタートに向け肩を抱かれつつ首を傾げる。

「そうだよ。あまりもの同士」

「あー、そうだったかも」

苦笑して黄瀬くんの背中に触れた。黄瀬くんはチラッと観客席のほうを見て「うわあ」と目を瞬く。

「やば、鈴木さんこっちめっちゃ凝視してる」

「え？　ほんと？」

峻岳くんと目が合う。彼はにこやかに手を振った。

「別にそんなじゃなさそう？」

「……割とあの人、好きな人の前で態度変わるタイプだったんだなあ」

「そうかな」

「ていうか、さ」

黄瀬くんはにやっと笑う。

「愛されてんなあ、山口さん！　ちょっと涙目にさせただけなのに、あのブチ切れよう」

「え、あ、うわあ」

頬に熱が集まり、私は一瞬スタートの号砲を聞き逃してしまう。

「わ！　ごめん」

「大丈夫大丈夫！」

黄瀬くんに励まされ、一生懸命に脚を動かす。そのおかげで、なんと二位でゴールした。

「よっしゃー！」

「ナイスファイト！」

赤田さんたちが駆け寄ってくる。峻岳くんも「おつかれー！」とハイタッチしてくれた。

「おかげで総合一位だ」

「え、ほんと？」

紐を解《ほど》きながら掲示板を見ると「チームひよこ」が一位になっている。ていうかこのムキムキの男性ばかりのチーム、「チームひよこ」なんだ……。Tシャツが黄色いからだろうか。

「よしよし、海自さん追い抜いたぜ」

にやりと青林さんが頬を緩める。

「え、海自さんまで出てるんですか」

「そうなんだよ。去年はやられた。でも今年の牛は俺たちがいただく！」

赤田さんも気合十分って感じだった。

峻岳くんはニコニコして黄瀬くんの肩を抱いていた。

仲良しなんだなあ、〝鈴木と信号〟。きっと普段の訓練から、命を預け合っているのもあるんだろう。絆《きずな》があるんだと思う。

私も、そこそこ友達が多いほうだ。でも広く浅い人間関係ばかりだった私には、こんなふうに普段から信頼し合っている人っているのかな？　一番仲いいのが加奈ちゃんだし……と、加奈ちゃんの現地妻発言を思い出してちょっとだけ滅入《めい》ってしまった。

で、結局そのあと、チームひよこは負けてしまった。というのも、そのあと控えていた競技が「椅子《いす》取りゲーム」だったのだ。これが相手が成人男性ばかりのチームだったら、チームひよこは圧勝していたと思う。

けれど。

椅子によじ登る三歳くらいの女の子。さらにその横に座る……というよりお母さんに座らされているのはまだ一歳にもなってない感じの赤ちゃん。

「これは勝てない」

私は微笑ましく笑ってしまいながら言う。

この幼児たちを押し除けて座るのは大人として無理だ。椅子取りゲームで一点も取れなかったので、結局チームひよこは大きく点を落とすことになった。

「くそー、作戦勝ちかっ」

「いや作戦もなにも、単に家族参加してるだけだろ」

赤田さんが青林さんに冷静に突っ込んでいるのを聞きながら、私はぼんやりと考える。もし私が峻岳くんと結婚したら、いつかこんなふうに家族で遊んだりするんだろうか。

ぱっと振り向くと、峻岳くんはスマホに目を落としていた。親指が動いている――なんとなく思う。もしかして、〝ひいちゃん〟にメッセージを送っているのかな。

聞けばいいのはわかってる。ひいちゃんって誰って。でもそれって、疑ってますって言っているようなものだよね？

こんなにまっすぐ愛情注がれてるのにね。恋愛の機微がわからなすぎて、どうすればいいのか全くわからない。

運動会後キッチンカーに戻り、販売と後片付けなんかを済ませ帰宅したのは二十三時を過ぎていた。

「ふー……売り上げよかったあ」

やっぱり〝鈴木と信号〟の四人組がいると売り上げがかなり上がる。あのあと『やけ食いじゃー！』とカレーを食べに来てくれたのだ。

そんなことを思いながらお風呂から上がると、玄関から鍵が開く音がした。この家の鍵を持っているのは私と峻岳くんだけだ。

「あれ？」

私は洗面所で慌ててパジャマを着て玄関に向かう。峻岳くん、今日来るって言ってたっけ。

玄関には峻岳くんが立っていた。長袖の白いTシャツを肘までまくり、濃い色のジーンズを穿《は》いている。玄関は暗くて顔はよく見えない。

「峻岳くん。どうしたの？」

「海結さん。俺さ、前に嫌って言ったの覚えてる？」

「え？」

「海結さん悪くないよ。黄瀬も。でもさ、ごめんな。俺いま」

峻岳くんが靴を脱ぎ、上がってくる。私の前に立つ彼の表情はよく見えない。輪郭の中、ギラギラした瞳だけが見えた。

「すっげー、嫉妬してる」

「峻岳、くん」

「なんかお似合いって感じだった。ふたりで話してて海結さん真っ赤になったりしてて」

峻岳くんの声は穏やかだ。なのに、とても怖い。一歩引いた私の腰を彼はなんなく引き寄せて、抱き上げる。

「俺のなのに」

ぎゅっと抱きしめられる。私はなんだか迷子の小さい子を見つけたような気分になって、よしよしとその広くて逞しい背中を撫《な》でる。

「峻岳くん、お似合いとかよくわかんないけど、私の好きな人は峻岳くんだよ」

「海結さん」

「本当だよ。大好き」

「……でも顔すげえ赤かったけど？」

さっきまでの陰のある雰囲気《ふんいき》の声が一転して、ちょっと明るく拗《す》ねた感じのものになる。顔を覗き込むと、峻岳くんは思い切り不服そうな顔をしていた。ホッとして彼の頬をつつく。彼のほうが年上なのに、なんだか甘えられてるのが可愛くて仕方ない。

「ええ？　なにが？」

「海結さんが」

峻岳くんは私を抱き上げ廊下をスタスタと歩き、リビングのドアを開く。顔が赤いって、いつのことだろう。さっきから黄瀬黄瀬言っているから、二人三脚でのことだろうとは思うんだけど。

「黄瀬とすげえ仲良さそうだった。俺、初めてデートしたときに言っただろ？　海結さんと黄瀬が運命的な再会とかだったら嫌だって」

思わず目を瞬《またた》く。だって運命的だなんて、そんなふうには思えなかったから。謝れてよかったし、元気そうでよかったとは思ったけれど……と、それを告げる前に峻岳くんに唇を塞《ふさ》がれる。

「んんっ」

口の中を舐《な》めまわされながらソファに座らされる。キスの合間に気がつけばそもそもはだけていたパジャマもすっかり脱がされている。私は胸が大きくないから、揺れとかもそう気にならない。というのもあって〝ナイトブラを着けない派〟の私の乳房が思い切り彼の眼前に晒《さら》されてしまう。

「ちょ、ちょっと峻岳くん」

恥ずかしくて両手で胸を隠す。

「んー？　なんか言った？」

相変わらずの拗ね顔のまま、峻岳くんはラグに膝をつき私の腰に抱きついてこちらを見上げてきた。

ぐっと息を呑《の》む。

おっきなわんこに甘えられている気分……っ。ついキュンとして彼の短い髪を撫でた。

「それ、きもちいい」

峻岳くんは私のお臍《へそ》の横に頬を当てて目を閉じる。短いなりにちょっと伸びてきた髪の毛。

ゆっくり撫でていると、彼の精悍《せいかん》な目が開く。チラッと私を見たあと、あむっとお臍に噛み付いた。

「ひゃあっ」

私はびっくりして彼を見つめる。峻岳くんはぺろぺろちろちろとお臍を舐《な》めしゃぶる。

「ん、やだ、もう。なんかくすぐったい……」

小さく息を吐《は》き、身を捩《よじ》る。やけにくすぐったいし、彼の口も舌も生ぬるいし、吸い付かれるとゾワゾワしてしまうし……。

峻岳くんは私の腰を掴《つか》み、お臍から下腹部へと舌を進める。大きくて少し分厚い彼の舌が、私の下生えを下着越しにくすぐるようにしながら脚の付け根へと向かう。

「今日、普通のパンツだ」

「だって峻岳くん来るなんて思わなかったから」

峻岳くんと初めてエッチして以来、加奈ちゃんにかつがれていたことに気がついた私は、すぐに量販店で締め付けない楽ちんなブラとショーツのセットを買ってきたのだ。

でも、峻岳くんと会う予定があるときだけは、あのレースでできた大人っぽい下着を選んでいた。

「ふーん。こういうのもなんか、逆にえろいな」

「ぎゃ、逆に？」

「逆に」

重々しく言いながら、峻岳くんはクロッチの上から肉芽を弄《いじ》り、さんざんに私を蕩《とろ》けさせる。そうして下着を脱がせ、舌で肉芽を押し潰《つぶ》したり吸ったりしながら、腕を伸ばして胸の先端をぐりぐりと摘《つ》まむ。

身体が小さいからか、峻岳くんが大きいからか、私は頭のてっぺんから脚の先まで峻岳くんに同時にいろいろされてしまうのだ。

「あ、んっ、も……だめ、イ……くっ」

すぐにやってきた絶頂の瞬間、脚の先まで力が入り、指先を丸めてしまう。

ソファにくてんと身体を預け、肩で息をしながら思う。なんか、すごい、淫《みだ》らなことをされている気分。

だって私だけ裸で、彼はまだきっちり服を着込んでて、なのに顔は上気して目だってギラギラしてる。

「指、挿《い》れていい？」

頷くやいなや、彼の太く長い中指が、私のナカに挿入《はい》り込む。自分のナカの粘膜が、彼の指にきゅうんと吸い付くのがわかる。微《かす》かに痙攣《けいれん》しているのも……。

ぐちゅ、と淫らな音が溢《あふ》れる。

すっかり私のことを知り尽くしている峻岳くんは、指一本で簡単に私をイかせてしまう。もうそうなると頭の中は真っ白で、喘《あえ》ぐことに夢中でうまく呼吸もできない。

「あ、ああっ、あああ……っ」

「はは、吸い付きすごい。海結さん、力抜いて？」

「無理ぃ……っ」

半泣きで首を振る私の頭に、峻岳くんは嬉《うれ》しげに頬を寄せる。そうして指を増やし、さんざん泣かせてイかせたあとに、ようやく自分のジーンズをくつろげた。

「あーもう、俺のパンツぐちょぐちょになってる」

ははは、と笑う彼の濃いグレーのボクサーパンツは、屹立《きつりつ》から溢れた露で色を変えていた。くっきりと裏筋が見えているそれは、硬く太く昂《たかぶ》り天を向いている。

彼は少しジーンズを下着ごとずらしただけで、Tシャツだけをポイと脱ぎ捨て、ソファの横にあるラックの籠からコンドームの箱を取り出した。彼が買ってここに置いているものだ。

「脚、広げて？」

コンドームをつけた峻岳くんは私の足首を優しく掴みながら目を細める。え、と戸惑っている間に、脚は大きく広げられ、ソファとその背に手をついた峻岳くんに挟まれるような態勢でナカに一気に屹立を突き立てられた。ぐちゅう、とひどく淫らではしたない水音が出る。

「あ、ああ……っ」

挟まれているから、自然と膝が押し上げられて胸の横にきている。そのまま彼は抽送を始める。自分のナカを、彼のものがずるずると擦って動くのがはっきりとわかった。

「あ、んんっ、待っ……てっ」

頭の上に峻岳くんが顎を置いて、完全に閉じ込められる。その状態で、ぐちゅぐちゅと音をさせながら彼のものが生々しく出入りしている――のが、はっきりと目の前で見えた。頭まで閉じ込められているせいで、首が動かせない。

私のナカからずるりと抜ける寸前まで出てきた彼の幹には、ぬるぬると私から染み出した粘液が絡みついている。ぬらぬらとしたそれをまとわりつかせた屹立は、再び私のナカに割り込んでいく……。硬く太い質量が、私のナカを満たす。濡《ぬ》れたお互いの下生えが重なり合うところまで、まざまざと見せつけられる。

「あ、ああ……」

悲鳴のような声が出て、そのまま目をぎゅっと閉じた。恥ずかしすぎて、見ていられない。

ぐちゅ、ぬちゅ、とぬるぬるとした水音を引き連れ、彼は腰をゆっくりと動かす。目を閉じているとそれがやけに生々しく感じ、私のナカの肉襞がわななないて彼を締め付ける。

「あ、あ……」

頭が真っ白になり、喉の奥からただみっともなく声が漏《も》れた。

目を開くと、ビクビクと震える下腹部が視界に入っている。私はすっかり彼のものを根本まで咥《くわ》え込んで――……！

「海結さん？」

優しい声がして、おずおずと上を向く。頬がひどく熱かった。峻岳くんが笑って私の唇を指先でなぞる。

「だめだよ、目、閉じてただろ？」

こつん、と優しく甘えるように額が重ねられた。

「だ、だって恥ずかしい」

「わざとやってるんだ」

峻岳くんは目を細める。

「海結さんが誰のものなのか、ちゃんと理解してもらおうと思って」

ぞわりと背中が粟立《あわだ》った。声のトーンも、口調も、強面《こわもて》なのに朗らかな目の細め方も、全部
全部いつも通りなのに肋骨の奥がざわめく。

峻岳くんは、私の膝下を持ち上げた。反射的に彼の首にしがみついた私を、彼は軽々と持ち

上げ立ち上がった。ナカに屹立をねじ込んだまま。

「ひゃぅっ……！」

脚が跳ねる。峻岳くんの身体に当たるけれど、彼はまったく気にするそぶりもない。

自重で屹立の肉張った先端がごりっ……と最奥を突き上げる。私は背を反らして身体をくねらせた。強すぎる快楽に、頭が痺《しび》れて息苦しい。

「しゅ、しゅんが、く、くんっ。も、むり」

「んー？　大丈夫だよ海結さん、ほんと可愛いな」

峻岳くんは私の頭にキスを落とし、お尻を支えて、というかぐっと掴んで歩き出す。そのたびに彼のものが、ぐっ、ぐっ、と奥を突き上げ、私はそのたびに達してしまう。

「うぁっ、んっ、んんっ」

「声聞かせて、海結さん」

私は峻岳くんの甘い声にイヤイヤと首を振った。だっていま、変な感じ方してる、変なイき方してる。最奥が彼のものを咥え込んで吸い付いてる。自分の粘膜が蠕動《ぜんどう》しているのがわかる。

ひゅう、と細い息が喉から漏れる……。

「はー、ほんと可愛いなあ海結さん。ナカ、トロトロになってる」

峻岳くんは嬉しげに言い、寝室のドアを開いた。そこで立ち止まり、鷲掴《わしづか》みにした尻たぶを左右に広げる。そうすると、彼を受け入れている入り口が広がって、昂《たかぶ》りの切っ先が気持ちいいところに擦り付けられているのがはっきりとわかった。

「い、やあ……っ」

彼の首の後ろに腕を回し。しがみついたまま背を反らせる。目の奥がチカチカした。

「海結さん、気持ちいい？」

そう聞かれたって、答えられない。そんな余裕まったくない。半泣きで高く喘ぐ私を見下ろし、峻岳くんは嬉しげに頬を緩める。

「よかった。気持ちいみたいで」

そのまま腰を強く振りたくられる。彼の荒々しい呼吸が鼓膜を揺らす。

「あ、っ、も……来ちゃう、だめ、来る、イく」

私は生理的な涙を目尻から零《こぼ》した。狂おしい絶頂に肉襞がきゅうっ……と蠢《うごめ》く。がくんと力が抜けた。深すぎる絶頂に恍惚《こうこつ》として、もう何も考えられない。

峻岳くんはそんな私を軽々とベッドに繋がったまま横たえ、脚を大きく広げさせる。そうして押し上げて胸に押し付けた。腰が上がる。

「ほら、これなら海結さんも俺のが入ってるとこ見えるし、俺も海結さんが目を閉じてないか見てられるだろ？」

名案です！　褒《ほ》めて！　みたいな晴れやかな笑みで言われても！　彼の背後にぶんぶん振られてる尻尾が見える気すらする。

「っ、恥ずかしい、……っあ、んっ」

「だからわざと」

さっきと同じような会話を繰り返し、峻岳くんは私の乳房を指で摘まみながら腰を動かす。私の目の前には芯を持ち色づいている胸の頂《いただき》と、それを摘まむ男性らしい指先、そして私のナカに出たり入ったりしている逞《たくま》しい昂り。はあ、と荒々しい呼吸に目線を上げれば、額にうっすらと汗をかいた強面で端正な双眸《そうぼう》と目が合う。

完全に頭がオーバーヒートしている。

「う、ぁ、もう、わかんない」

私は半泣きでただ与えられる快楽に溺《おぼ》れる。彼が最奥を突くたびに、あるいは動くたびに、鋭《するど》く重く甘い快楽がお腹に響く。

「ああっ、あああっ、あ、も、やめて、壊れる、おかしくなるっ」

必死で頭を振る。髪の毛が枕を擦る音がする。涙が溢れていって、それを峻岳くんが唇で拭《ぬぐ》う――屹立の角度が変わり、それをきっかけにするように私のナカで切なく溜まっていたものが弾けた。

「あ、……――っ」

ぎゅううう、と彼のものを食いしばる。入り口が窄《すぼ》んで、浅ましく彼のものを飲み込もうと粘膜は収縮を繰り返した。

同時に、自分からぬるい水が溢れたのがわかった。それがなんなのかも理解できないうちに、峻岳くんは嬉しげに私を押し潰すみたいに抱きしめる。

「う、あんっ」

「可愛い、海結さん、潮出ちゃったね」

ヒクヒクと下腹部が痙攣している。力が入らない。シーツがひどく濡れているのだけ、なんとなくわかった。涙がぽろんと溢れてこめかみを伝う。

「ここ好きなのかな」

峻岳くんは私の膝裏を掴み固定して、激しく腰を動かす。感じてしまったところを正確に突き上げるように。

「あ、むり、無理っ」

足をばたつかせたいのにがっちり掴まれていて、快楽を逃すことができない。ずるずると彼のものが私の肉襞を擦り上げ、奥を抉《えぐ》る。

「はぁ……っ、ゃ、死んじゃうぅっ」

泣きながら首を振るも、許してもらえない。可愛い、大好き、という声が上から降ってくる。

「海結さんは俺のだって、ちゃんと理解できた？　絶対他のやつのとこ行っちゃやだめだよ」

絶頂して身体を痙攣させる私から、彼はそう言って笑いながらずるりと出ていく。

「あー……やばいやばい、出るとこだった」

無邪気に苦笑して、峻岳くんは「休憩」と私をくるりとうつ伏せにさせる。そうして私のナカに指を差し入れた。

「うわ、ふわふわになってる。気持ちよかったんだな海結さん」

嬉しげな声に恥ずかしくて枕に顔を埋めた。……けれどすぐに泣きながら喘ぐことになる。

私のナカで彼は指をバラバラに動かす。そうして最奥を長い指でつつき「子宮可愛い」とめちゃくちゃなことを言った。

「ぁ、あんっ、ああっ、そこだめ」

「知ってる、大好きだもんなここ……」

うっとりと掠れた声で言われたかと思うと、指が抜かれる。次の瞬間には大きな質量が一気に最奥まで貫いてきた。子宮ごと穿《うが》たれ突き上げられる。身体の内側からの暴力的な圧迫感に、息を詰めた。

「あ、……――」

声さえも出なかった。自分のあさましいトロトロの粘膜が彼のものをきゅうっと食いしばる。

「はー、きっつ……可愛い、海結さん。大好きだよ」

ちゅ、ちゅっ、と背中にキスが落ちてくる。そのまま彼はずるずると粘膜を擦り動き始めた。大きく肉張った先端が、私の肉襞をひとつひとつめくり引っかいていく。シーツと身体の間に大きな手がすべり込み、硬くなった胸の先端を摘まみ、むにむにと力を入れたり緩めたりされる。

「あ……あ、あっ、あっ」

もはや言葉が出てこない。彼が動くたびに呻《うめ》くみたいに無様《ぶざま》に高く喘ぐだけ。

峻岳くんが胸から手を離し、私の手首を掴んだ。うつ伏せにシーツに縫い付けられる。そうして彼はぐっとのしかかってきた。背中に彼の硬い胸板の熱さを感じる。激しい鼓動も――耳元に掠れた荒々しい呼吸。その合間に彼は私を何度も呼ぶ。

「海結さん、海結さん」

完全に彼に組み敷かれて閉じ込められ、自由に身動きすら取れない状態で、ただひたすら快楽を与えられる。喘ぎっぱなしで口が閉じられず、枕カバーに涎《よだれ》が染み込んでいく。

「気持ちいい？　可愛いな海結さん」

峻岳くんは私の頭に頬擦りをして、ぎゅっと私を抱きしめる。逞しい熱い体温に包み込まれもう声も出ない。荒すぎて恥ずかしい呼吸の合間に「ああ」とか「うう」とか声を漏らすだけだった。

「はー……まずいなこれ」

峻岳くんは私の耳を噛んだり舐めしゃぶりながら呟く。

「海結さん、ごめんな。一回イくな？」

峻岳くんは私をぎゅうっと抱きしめたまま腰の動きを激しくする。ばちゅばちゅと聞くに堪えない淫らな音が繰り返される。

私はたっぷりと快楽を味わわされ、もう何がなんだかわからない。


「もう無理、ほんとに、無理です」

何回目だろうか。もうそれもよくわかってない状態で、私は半泣きで「ね？」と小首を傾げる。これ以上イかされたら多分死ぬ。

「俺のほうが無理。あんな照れてて可愛い海結さんを黄瀬が至近距離で見たっていうのがほんと無理だった」

峻岳くんは、なんていうか、本当に拗ねている。私はジーンズを脱いで裸になった峻岳くんの膝の上に抱き上げられながら目を瞬く。ここまで嫉妬を露《あら》わにされたのは初めてだ。

「ねえ海結さん、俺以外の男に笑いかけないで」

すっかり甘えた口調で背中からぎゅうぎゅうっと抱きしめられ、眉を下げながら「仕事もあるし無理だよ」と答えつつもどうしても嬉しく思う。そんなに私のこと好きでいてくれているんだって――と、そこで気がつく。

「あ」

「どした？」

「あの、黄瀬くんと話してて照れてたのって、峻岳くんとのことを揶揄《からか》われたからだよ」

「揶揄われた？」

「うん、あの、……愛されてるねって」

見上げると、峻岳くんは明らかに照れた顔で口元を押さえ「わー」って顔で目線をあさっての方向に向けていた。

「マジでか」

「うん」

「……俺、勘違いして嫉妬して盛って、クソダサいな？」

怒られた子犬みたいな目でこちらを向く峻岳くん。

「そ、そんなことないよ」

私は峻岳くんの分厚い胸板にそっと頬を寄せながら呟く。

「私もすごいヤキモチ、妬《や》くし」

ひいちゃんのことだ。

とくん、とくん、と力強い鼓動が聞こえる。峻岳くんの匂いもする。少し熱い体温にとても安心してしまう……。

「え、マジで？　いつ？　俺、海結さん不安にさせてる？　何かしてるなら教えて」

慌てた様子で峻岳くんは私を覗き込む。私は胸が痛い。

ひいちゃんのこと、やっぱり聞けない。彼の愛情を疑ってるなんて、思われたくない。

「不安なんかないよ。勝手に妬いてるだけ」

「うーん、ヤキモチ妬かれる瞬間なんてあったかな……？」

不思議そうにしながらも、少しだけ嬉しそうに峻岳くんは私を抱きしめた。うん、きっとこれでいい。

不安なんかない。

そのはずだった。

峻岳くんがゴールデンウイークに帰省するのは前から言われて知っていた。なんでも彼の部隊は七月末から秋頃まで海外への長期派遣を含めて演習が続くため、年末年始以外はこの時期くらいしか帰省できないらしい。

といっても、ほかの公務員同様、カレンダー通りだからそう長期では休めないらしいけれど。

ちなみに私はキッチンカーで近隣の市が主催するイベントに出店予定だ。

「いいなあ、東京《とうきょう》」

運動会から一週間経った、いつも通りの週末。私の部屋に泊まりに来た峻岳くんに私はテレビを見ながら呟く。ちょうどお昼のバラエティで、東京のお洒落《しゃれ》なカフェをいくつも特集しているところだった。

「東北から九州まで引っ越ししてるのに、東京には縁がなかったんだよね。峻岳くんちの近く、可愛いカフェとかある？　虹色の綿飴《わたあめ》とかユニコーンのマシュマロとか売ってるの？」

ちょうどテレビに映っているのは、ユニコーンの形をしたマシュマロだ。それを花を模した飴やソフトキャンディと一緒にブーケみたいに束ね、ばちばち口の中で弾《はじ》けるという飴と綿飴でトッピングしてある。それをシェアして食べるのが流行《はや》っているとレポーターは言っていた。

「うちのお店でも出そうかな？」

「やめといたほうがいい。ああいうの、ほんと一過性だし」

「東京の人は冷静だなあ～」

「この街にもいい感じのカフェたくさんあるだろ」

「そうなんだけどね」

この街も観光地なだけあって、駅前や海沿いのお洒落なエリアを中心に素敵《すてき》なお店がたくさんある。でもちょっと東京に憧れちゃうのって、仕方ないんじゃないかなあ。あまり縁がないからそう思うだけなのかな。

「よし、どっかコーヒーでも飲みにいくか」

峻岳くんがそう言って立ち上がる。

「いい天気だしさ」

「わ、いいねえ」

私は手を上げて賛成して、ふたりで手を繋いでマンションを出た。最近お揃《そろ》いで買ったクロスバイクで駅前まで向かうことにする。

駅までは大きな道が続くので走りやすい。途中、道中にある大きな神社でお参りしていこうという話になった。

秋には大きな例祭が行われる神社の、本殿に向かう石の階段を上っているときのことだった。ポシェットの中でスマホが振動し、立ち止まり確認する。

「加奈ちゃん？」

首を傾げつつ通話に出ると、加奈ちゃんは残念そうな声で告げた。

『ゴールデンウイークに参加予定だったイベント、中止になっちゃった』

「ええっ、なんで」

『プレイベントで食中毒出ちゃったんだって。どうもそこの水道が原因ぽくて。工事が間に合わんぽい』

「そっかあ……」

私は眉を下げた。私たちはキッチンカーに水道があるからいいとしても、お客様たちは水道を使わざるを得ないだろうから。

「どしたの？」

電話を切ると峻岳くんに首を傾げられる。

「ゴールデンウイーク、仕事無くなっちゃった」

事情を説明しながら、ふと思いつく。

内心緊張しながら、でもそれを表に出さないようにしつつ「あのさ」と微笑んだ。

「ゴールデンウイーク、一緒に東京、行ってもいい……？」

ドキドキした。ダメって言われたらどうしよう……。チラッと峻岳くんを見上げると、彼は少しぽかんとしている。私は慌てて首を振った。

「あ、でも予定あるならっ」

「え、いや違う。海結さんと旅行なんて嬉しすぎて思考飛んでただけ」

峻岳くんは嬉しげに私の手を握る。

「いまからホテルとか空いてるかな？　なんとか探すよ。行きたいとこ決めといてな。とりあえず、さっきテレビでやってたカフェだろ？」

「行きたいところ……」

私は少し考え、思い切って口にする。

「あの、峻岳くんの地元、とか」

「……、え」

「小学校とか？　あ、入るわけじゃなくてこんなとこだったんだーって見てみたいだけ。小さい頃遊んだ公園とか。ていうか、峻岳くんも実家でゆっくりしたいだろうから、私は東京は一泊くらいで、そのあと新幹線で仙台《せんだい》の両親とこに行くつもり。どうかな」

ちょっと焦《あせ》ってしまって、早口で一気に言う。

「あー……そー……だなあ」

峻岳くんは口元を覆《おお》い、目線を泳がせた。私はしばらくそれを見上げながら、じわじわと心臓が冷たくなっていくのを感じる。

「んー。そういうの今回はやめとかないか？　いろいろ遊ぼうよ。せっかくだから」

「そうだね」

にこっと私は微笑んだ。でも苦しくてたまらない。

地元に連れて行けないのは――そこに〝ひいちゃん〟がいるから？

峻岳くんは嘘《うそ》をつけない。顔に全部出る。

私は私を一心に大切に慈しんでくれる大好きな人の顔を見つめる。そうして彼の表情に、彼は確かに私に秘密があるのだと、そう――確信した。

【四章】峻岳

「言えない。東京《とうきょう》は東京でも山育ちなんだって、あの綿飴《わたあめ》だかマシュマロだかを期待してるキラキラした瞳を見てそんなこと俺にはとても言えない」

俺は海結《みゆ》さんと旅行に行く約束をした日の夜、隊舎の談話室で頭を抱えていた。集まっているのはいつもの信号たちだ。赤田《あかた》が呆《あき》れたように缶ビールを飲み干す。

「なんでだよ。言やあいいじゃねーか、お前地元大好筋肉じゃん」

「なんだよ大好筋肉って」

「地元を愛する筋肉の略だよ」

俺は鼻に皺《しわ》を寄せる。全員似たような体脂肪率のくせにいちいちうるさいのだ。

「そのギャグ、一体どこの層向けなんだ」

「甥っ子は爆笑してたけど」

そうかよ、と俺は眉を寄せる。

「いや、そりゃあ俺だって地元好きだよ。日本一だと思ってる。サンショウウオのいる清らかな源流、実る稲穂、深い山々の自然に抱かれためちゃくちゃ綺麗《きれい》なところだよ」

「すげえスラスラ言うじゃん」

「高校のとき、田舎だなんだといじられたからさ。自慢し返すのに言い慣れた」

いやそれはいい。俺の地元は日本一どころか世界一かもしれない。でもいまはそんな場合じゃない。

「いつかはどうせバレるのに、どうしてそんなに隠すんすか」

黄瀬《きせ》はすっかり呆れ声だ。

「わかってるよ……でもさあ、言えるか？　お洒落《しゃれ》～なカフェの特集見て東京行きたいって言い出した海結さんにさ、俺の地元はコンビニもないなんて」

「東京なのに？」

青林《あおばやし》にびっくりされる。

「そうだよ。つうか東京だってさ、ほかの道府県と一緒で都会と田舎、山とビルと畑が混在してんだよ。二十三区に四つ農協あんのはそこに農家があるからだ」

そもそも、東京の面積の半分近くは森林で、そして総面積の三パーセントは農地なのだ。黄瀬がうんざりしたようにプロテインを飲む。

「堂々といつもみたいに地元自慢したらいいじゃないですか。キャンプできるとか、川遊び楽しいとか、星が綺麗だとか言って地元帰るたび大自然満喫してくるじゃないですか。オレら普段から崖登ったり山に放り込まれたり海に投げ込まれたりして大自然に揉《も》まれてんのに」

「そう、大自然ならこの近くにもたくさんある……そしてなんなら地元には海がない」

「海はないけど熊はいるだろ？　こっちに熊いねえから、ほら、そっちの勝ち」

赤田が面倒くさそうにサキイカを頬張る。俺は眉を寄せた。

「明らかに適当言ってんじゃねえか……あと、ひいちゃんと海結さんいきなり鉢合わせするとまずい」

「あー……」

信号たちは目線を交わす。俺は「な？」と肩をすくめて、そこでスマホが震えているのに気がついた。

俺は頭を抱えながらスマホを見る。ひいちゃんだった。心配性だ、本当に。ああ、それにしたってどうしよう。頭をぐるぐる回転させながら、ひいちゃんに『今日も怪我《けが》とかしてないよ』とメッセージを返す。

「海結ちゃん？　ひいちゃん？」

「ひいちゃん。つか赤田まじで下の名前で呼ぶなよ他人の彼女を」

「他人とか冷たいなあ。命預けあって同じ釜の飯食ってる仲じゃん」

「俺はもうすぐ結婚してお前らとは別の釜の飯を食う」

信号の三人からは呆れた視線を感じるが無視する。

「つか、ひいちゃんと相変わらず仲いいなあ、離れてるのに」

「離れてるからこそこまめに連絡しておかないと心配かけちゃうだろ？　……あの、ひいちゃんにはあまり心配かけたくないんだよな」

「まあな。わかるよ、大事にしろよ」

赤田が肩をすくめる。俺はため息を吐《つ》きつつ、海結さんにどのタイミングで地元について話すかを再び悩み始めた。

「つかさあ」

青林がのんびりと言う。

「ん？」

「地元連れてけないってそのごまかし方、なんか地元に彼女いそう」

「あ、わかるっス。なんなら嫁いそう」

え、まじで。俺は目を瞬《またた》く。そんな取られ方されてたら俺どうしたらいいんだ？

週末、いつも通り海結さんの家に向かう。

なんていうか、思い切り挙動不審だった。目線合わないし、「キャンセル出てたからホテル取れたよ」つっても上の空だし。

さあっと血の気が引く。

……これ、俺が地元ダメとか言ったからマジでなんか疑われてる？　彼女いるとか？

「あの、海結さん、聞きたいこととか、ない？」

「ないよ」

にこっと笑う海結さんに俺はどう言えばいいのかわからない。じゃあ地元行こっかとか今更言うの、なんか逆ギレしてるみたいじゃないか？

「海結さん、好きだ」

「……ありがと」

私も大好き、が返ってこなかったことに俺はとてつもないショックを受ける。

「海結さん、キスしてもいい？」

「いいよ」

海結さんが微笑《ほほえ》む。俺は大好きを込めてたくさんキスするし愛してるをこめて彼女を抱くけれど、すれ違ってる感覚がどうしても拭《ぬぐ》えない。

「海結さん、五月の旅行、行きたいところ決めた？」

セックスのあと、ベッドで海結さんを抱きしめて閉じ込め、髪の毛を梳《す》く。お団子じゃない海結さんの髪を見慣れてきた。それだけ近づけたし、気を許してくれている。なのに疑われるような行動を取った俺！　考えるだけで最悪だ。バカなことしたな、ほんとに……。

「ん、そうだね、決めなきゃね」

いつも通りにしようと無理をしている顔だった。不安で苦しくなる。思い切って聞いてみた。

「俺が地元に彼女いるとか疑ってる？」

びくっと海結さんの肩が揺れた。それから潤《うる》んだ瞳が見える。海結さんは首を振って耳を覆《おお》う。

「聞きたくない」

「ちょ、待って」

ドッと冷や汗が出た。マジか、くそ俺、海結さんどんだけ不安にさせたんだろう。

「俺、海結さんしか彼女いないよ。海結さんだけ大好き。ほんとに」

俺は彼女の手を取りながら訴える。

「ほんとだよ」

「……うん」

海結さんは微《かす》かに眉を寄せて頷《うなず》く。俺は彼女を抱き寄せて薄い背中を撫《な》でながら「ごめんな」

と繰り返す。

「不安にさせた？　どの辺？　地元行かないとか言ったから？」

少し黙ったあとこくんと頷く海結さんに、俺は「はあ」と息を吐《は》く。

「っ、ご、ごめんなさい。めんどくさいよね私」

「違う違う。俺が……その、変な気の使い方をしたなって。海結さん街中で遊びたいのかなと思ってさ。綿飴とかマシュマロとか。俺の地元めっちゃいいとこだけど、そういうのはないからさ」

海結さんは不思議そうにまだ濡《ぬ》れたまつ毛で目をしばたかせる。

「俺の実家、山なの」

「……？」

小首を傾《かし》げる海結さんに、スマホで地図を見せて説明する。

「ほらここ。山間の、静かなところだよ。近くにコンビニもない」

「東京なのに？」

「はは、そう言われると思ってた」

海結さんはハッとした顔で眉を下げ「ごめんなさい」と呟《つぶや》く。

「そんなつもりじゃ」

「んや、いいよ。よく言われる。ただださ、このあたりあんま泊まるとことかないし。キャンプはできるけどね。星めっちゃ綺麗。いつか行こ？　でも、今回は予定通り街中で遊ぼ。テレビで見たカフェ行きたいんだよな？」

「……うん」

頷く海結さんにホッとした。

これで誤解、全部解けてるんだよな？


の、はずなのに海結さんはどっかぎこちなさが消えない。

「俺マジでなんかしたかな」

「やーいやーい、フラれろフラれろ」

訓練前に赤田に揶揄《からか》われ、一瞬息が詰まる。

海結さんにフラれるなんて想像もしたくない。

「いやマジで冗談じゃねえから。俺死ぬからそれ」

海結さんがいないと多分普通に死ぬ、俺。

息苦しい思いを抱えつつも、訓練は開始される。今日は海上訓練だった。

着ている緑迷彩の戦闘服は水機隊員専用の水陸両用のもの。ポケットにはドレインホールという小さな穴が空いており、ここから水が抜ける仕組みだ。救命胴衣の下には弾倉や銃剣も収納されている。８９式小銃と、場合によっては６０ミリ迫撃砲を抱え、低空飛行するヘリからフィンと背嚢《はいのう》を抱えて五メートル下の海面に降下。フィンを手に持っておくのは、つけたまま降下すると足を負傷……というか、下手すると骨折するためだ。着水後装着し、そのまま泳いで浜に上陸する。

ヘリに乗り込み、訓練海域に向かう。輸送ヘリの爆音に負けないよう装備品を大声を出しチェックし「卸下《しゃか》よーい」の声と同時に後方にあるハッチが開かれる。一瞬眩《まぶ》しさに目を細めかけた。

「卸下《しゃーか》！」

いつも通りのかけ声とともに海面に落ちる……瞬間、俺は一瞬息を詰めた。あれ？

本当にわずかな刹那身体が硬直した。慌てて泳ぎフィンを装着して、いつも通りの表情を取り繕って波をかいて泳ぐ。ゾワゾワと肋骨の奥に何かある。

うまく言葉にできない、黒くて暗くていやなもの。

上陸しフィンを脱ぎ戦闘靴に履き替えた。水機専用の特殊なブーツだ。通常の半長靴と違い、横とソールに水抜き用の穴が開いた茶色いものだ。最初はもう少し緑がかっているのだけれど、訓練を重ねるうちに飴色になっていくのだ。それを履き、事前の作戦通りに小銃を抱え走り出す。

俺は訓練中、他のことを考えない。すっきりクリアになって腹の奥は落ち着いて、集中していろんなものが見えるようになる。

なのに。

なのに、今日は。

「え、珍し」

訓練後、ヘルメットを抱えた俺を見て黄瀬が目を丸くした。

「鈴木さん被弾したんすか！　死亡判定出たんすか！」

「んー……」

俺は頭をぽりぽりとかいた。

今日の訓練はバトラー訓練といって、レーザー光線で撃ち合う本格的な想定のものだった。胸に取り付けたセンサーで、身体のどこを被弾したのかも細かく判定される。

普段なら読める相手の動きだとか、すぐに気がつく小さな音だとか、そんなのがよくわからなくなっていた。

「あー、やべえ。スランプかも」

「鈴木さんもあるんすね、スランプ」

「どーすっかな……」

俺は海水が乾いて痒《かゆ》くなった首の後ろをぼりぼりとかきながら俯《うつむ》く。原因はなんていうか、わかってる。

海結さんだ。

頭のほとんどを海結さんが占めている。

いままでこんなことなかった。大好きだし愛してるけど、訓練中まで彼女でいっぱいになるなんて。

さらにその翌日の訓練はディッチングだった。航空機着水時の脱出訓練だ。普段搭乗しているCH《ヘ》–47《リ》を模した装置をプールに沈め、そこから脱出する。窓など小さく作ってあり、簡単には出られない仕組みだ。

これは割と恐怖心を抱きやすい訓練らしい。訓練中にトラウマになってしばらく湯船にすら入れなくなるやつもいる。

でも俺は怖くなかった。集中していればできると思っていたし、実際そうだった。

いままでは。

沈んでいく装置に、また腹の奥で黒くて暗い何かがぐるぐると渦を巻く。なんだよこれ、うざいな。

俺はそれを無視して、オイル漏《も》れ等を念頭に目を閉じ、いつも通りに脱出しようとする。

なのに、ふと脳裏を海結さんの笑顔がよぎる。

え、これ死んだらもう海結さんに会えなくないか？　しかもすれ違ったまま？　海結さんの心からの笑顔、もう見られないまま？

もう一回、大好きだって笑ってほしい。

海結さんのキラキラした笑顔。あの笑顔が見たい、俺は海結さんの笑顔のために生きてる。

そうなるともうパニックだった。

必死で窓から抜け出してプールサイドに上がりゲホゲホと喘《あえ》ぐ。吐き気に我慢できず隅に嘔《おう》吐《と》する。苦しくてたまらない。

「え、マジで鈴木《すずき》どうしたん」

赤田に言われるけれど、俺にもわからない。

海結さんのことが頭から離れてくれない。

会えなくなるのが怖い。死にたくない。暗くて黒いやつの正体は、死への恐怖だとようやく理解する。

そんなふうに「やばい、だめだ、死にたくない」――ってのが大きすぎて、俺はその後の訓練もうまくこなせなくなってしまう。

いや、なんとかこなせてるんだけど余裕みたいのがない。クソ必死だ。

訓練後、いつもなら動き回れるのにそうできず、訓練プールの横に腰を下ろす。

「鈴木、体調でも悪いのか」

上官の声にのろのろと顔を上げる。水でぐしょぐしょになった戦闘服が気持ち悪い。

「……や、スランプっす」

上官……かつて俺を山で救助したオッサンは笑う。

「スランプう？　脳にプロテイン足りてないんじゃないか」

「プロテインは足りてるんですけど」

「突っ込めよ」

呆れた声のオッサンについ、弱音を漏らした。……弱音なんて初めて漏らす。

「付き合ってる人がいるんですけど、……死んだら彼女に会えないかもと思うと、怖くなって」

そのまま俯いた。灰色のアスファルトにヘルメットの下の髪の毛を伝った海水がぽとりと落ちて、色を濃くさせる。

怒られるだろうか、と思う。そんなことで悩むなと、呆れられるだろうか。

けれど落ちてきたのは怒声ではなく、温かな手だった。背中を強くどん！　と叩《たた》かれる。

「お前、ようやく人間になったな」

「……俺、人間じゃなかったですか」

「筋肉だった」

「なんでやねん！」

「まあ聞け」

突っ込めと言ったのはそっちなのに流されてしまった。生まれて初めての「なんでやねん」だったんだけど……。ちょっと切ない。

「お前は本当に猪突猛進《ちょとつもうしん》で恐怖心なくなんでもこなす野郎だからいい部下だった。でもひとりの人間としては、心配してたよ」

「猪突猛進って。そこは勇猛果敢でもいいのでは」

「お前、四字熟語言えたの？」

そんなにびっくりしなくても。

「言えますよ」

「ほかには」

「……焼肉定食」

「よかった。鈴木だ。中身入れ替わったのかと」

めちゃくちゃ失礼なことを言い放ちつつ、オッサンは続ける。

「いいか、お前は知らなかったかもしれんが、普通は怖いんだ、何十キロの装備つけて海に突き落とされたら。左右上下わからない状態で暗い水中から脱出するのは。真っ暗な山中でひとりで座っているのは、死を意識して泣き喚《わめ》きたくなるような状況なんだ」

俺は黙って上官の言葉を聞く。

最後の山中云々《うんぬん》は、俺の子供の頃の話だ。

そうだ、俺は――子供の頃から、「それ」が怖くなかった。

もちろん、怖いものはたくさんあった。子供の頃は先生に怒られることとか、ピーマンとか。大人になった今でも、上官にキレられると怖～って思う。

でも、死ぬことに限れば。

怒られるから誰にも言ったことがなかったけど、死ぬときが来たんなら、しょうがない。そのまま死ねばいいと思ってた。あまり執着がなかった。

子供の頃山で遭難したときだって、俺は空を見上げて綺麗だなとひとり笑っていた。降るような星空が一番印象に残っているくらいだ。

思い返すに、俺はたいていのことを器用にこなせてしまうから、そのせいでかえって物事に執着しなくなったのだろう。自分の命にさえ。

でも、怖くなった。

もう海結さんに会えないと思うと、抱きしめられないと思うと、恐怖で指先まで冷たくなった。笑顔が見たい。声が聞きたい。体温を感じたい。

生きたいと希《こいねが》うのは、きっと生まれて初めてだ。

「鈴木、いいか。それが人間ってもんだ。怖くていい。それとの付き合い方を覚えていけ」

俺は目を瞠《みは》りオッサンを見上げる。オッサンは「でも気合抜けてんな」とにやりと片頬を上げた。

「そもそも上官に向かって『なんでやねん』とはなんだ」

俺はうぐっと眉を寄せた。聞こえてたんじゃねえか。

「本日遅れた秒数かける十、錬成。腕立て実施」

えぇ、横暴だ！　と言いそうになりつつアスファルトに手をついた。これもオッサンなりの励ましだろう。生ぬるいアスファルトに、ぽたりと一粒何かが落ちる。

涙だと気がついたのは、腕立てが終わった頃だった。


俺は腹を決める。なにがなんでも海結さんにまた笑ってもらって、……できれば東京旅行中にプロポーズしたい。残り二週間と少しで何ができるだろう。花束くらいはいけるかな？　夜景が見えるレストランなんて、ベタすぎか。そもそもゴールデンウイークに空いてんのか？

そんな諸々《もろもろ》考えてた俺が目にしたのは、談話室に放置してあった黄瀬のスマホだ。忘れ物かと手に取った瞬間、それは着信を告げる。

——海結さんからの電話だった。

海結さん上の空なのって黄瀬のせい？

思考がぐちゃぐちゃになる。なんで海結さん黄瀬に連絡取ってんの？

俺は単純な男だ。だからもう直接聞きに行く。だってもうわからん。海結さんが怒ってる理由も黄瀬とここそこ連絡取ってる理由ももうなにもかも、なーんもわからん。

だから週末、いつも通り海結さんちの鍵を開けた俺は「いらっしゃい」とどこか感情を押し隠して笑う海結さんをその場で抱きしめる。

「隠し事あるだろ」

耳元で聞けば、海結さんは小さく息を呑《の》み、身体を震わせた。

「っ、な、ないよ」

怖がってるかな？　怖がらせたくない。そう思うけどうまく感情が制御できない。声のトーンをできるだけ優しくするけれど、果たして効果があるものかどうか。

「あるよな」

「ないってば」

「ある」

「そっちにこそあるでしょ」

ない、と言いかけて首を捻《ひね》る。……ほかになんか隠してることあるっけ？　なにしろ生まれ故郷のことをちょっと秘密にしてしまっていた。

「……ほら。もういい」

海結さんの声にハッとする。

「よくない。つか、俺は隠してることない」

「いいってば」

聞きたくない、みたいな顔をして海結さんは目線を落とした。

「隠してるのは海結さんだろ？　態度変だし、煮え切らないし。黄瀬となに連絡取ってた？　黄瀬に聞いてもなんも言わねーし」

「っ、あ、……それは」

海結さんは目線を泳がせ、声を掠《かす》れされた。

「峻岳《しゅんがく》くん。……ちょっとだけ距離を置こ？　旅行、ごめん。せっかく予約してくれたのに」

「は？」

俺は海結さんの両肩を掴《つか》み顔を覗《のぞ》き込む。

「だって、ね。隠し事されてるの、本当に悲しいんだ。なんか、しんどくなってきちゃった」

俺はうまく息ができない。なんだよ、ほかに隠してることなんかねえよ。

「ないって、本当に」

「そう？　ふうん」

強気な口調なくせに、海結さんの目はうるうると潤んでいる。なんとなく、黄瀬は関係ない気がした。それ自体には安心しつつ、俺は強く眉根を寄せ口を開く。

「……距離置く？」

「う、ん」

俺は小さく笑う。

「無理」

それだけ告げると、ぶわりと感情が溢《あふ》れ出した。海結さんの両頬を包み、綺麗な双眸《そうぼう》をじっと見つめる。

「海結さん、わかんない？」

「え」

「俺から離れるなんて無理だよ」

もう無理なんだよ。

海結さんが身を捩《よじ》り俺から離れようとする。俺は海結さんを抱き寄せて頬を寄せた。

「それくらい、そろそろわかってると思ってた」

心底不思議でたまらない。海結さんはなんで俺から離れられるなんて思ったんだろう？

顔を見れば、海結さんは目を見開いてる。俺はその目を見ながら繰り返す。

「絶対、絶対、絶対だめ。それだけはだめ。海結さんは俺と結婚して同じ墓に入んの」

死ぬまで一緒。死んでも一緒。

「けっ、こん……？　でも、だって」

「だってじゃない。もう俺決めたんだ。俺、決めたこと譲らねえからな」

少し口調が荒くなる。いつも海結さんの前では穏やかでいたかったのに。

「だから諦めて。そろそろ隠してること教えて」

「だ、だから」

「言ってちゃんと。俺なんでもするから。海結さんのこと好きだ、愛してる」

海結さんはまだ瞳を潤ませ、「じゃあ、なんで」と呟《つぶや》いた。俺は海結さんにキスを落とす。

「怒んないから言って？　俺何かした？」

触れるだけのキスを繰り返しながら彼女の身体に触れる。俺はもう海結さんにどう触れたら
彼女が感じるのか、蕩《とろ》けてしまうのか知っている。胸とかそういうとこじゃなくて、背中とか

耳とか首とか、そういうところでも彼女は俺に触れられたらトロトロになる。そうなるようにいままで触れてきた。さんざん教え込んできた。

「や……んっ」

頸をくすぐると、海結さんはピクッと身体を揺らした。俺は彼女に頰擦《ほおず》りして腰を引き寄せる。

「海結さん、大好き、好きだよ、もう怒るのやめて？　俺が悪いなら全部直すから」

自分で言うのもなんだけど、めちゃくちゃ必死さが滲《にじ》む甘い声だった。なんとか思い直してもらおうと死に物狂いなのだ。

「怒ってなんか……」

「ほんとに？　なら好きって言って」

可愛い耳殻をかぷっと噛《か》む。耳の溝を丁寧に舌で舐《な》め、穴まで全部舐めしゃぶる。

「愛してる。離れるって言葉撤回するまで、ちゃんと俺のこと好きって言うまで離さないからな」

さっきよりよほど甘い声になって、とたんに海結さんからぽろっと涙が零《こぼ》れ落ちた。う、と苦しそうに泣き海結さんは「好き」と呟く。

「好き……」

「じゃあなんで離れるとか言ったの」

優しく優しく背中を撫でる。「俺も好きだよ、海結さんだけだよ」ってちゃんと伝えながら。

「だって」

しゃくりあげた海結さんは、そのまま泣いて言えなくなる。何回も言おうと頑張ってくれているのがわかった。

心臓が切なく痛む。

「……それ言わせたのも、泣かせてんのも俺なんだよな」

泣き顔を見つめていると、本当に苦しくなる。大好きな人、泣かせちゃってんなー……。

「ごめん。本当にごめんな。お願いだから別れるとか言わないで」

髪の毛をお団子ごとくしゃくしゃにする。海結さんは眉を下げ、首を振った。

「……そこ、まで……は、うっ、言ってない」

しゃくりあげながら困り顔で言われキュンとする。同時に、いまがチャンスだなと思った。

いまなら海結さん、なんでも答えてくれそう。

頬擦りしながら「黄瀬と連絡取ってた？」と聞くと「うん」と海結さんはスンスンと泣きやもうとしながら頷く。

「……聞いていい？」

「誕生日のこと、聞いてた」

口調が少し幼い。泣いてしまうくらい不安にさせたから、そのせいだろう。

「誕生日……って、誰の？」

「峻岳くんの。旅行中に誕生日でしょ。サプライズしたくて。私、変な態度取ってたから……仲直り、したくて」

「まじかあ」

ぐっと胸が詰まる。申し訳なさとキュンキュンとで死にそうになりながら海結さんを抱きしめ直す。そっか、なんかすれ違ってて辛《つら》かったの、俺だけじゃなかったのか。

「ごめん、聞き出して」

「ううん。その、男の人にプレゼントなんて、何がいいのかわからなさすぎて、それでいろんな人に聞いてたの」

「いろんなって」

「黄瀬くんたち。信号の皆さん」

「あー……」

完璧に俺の早とちり。つうか、黄瀬が口を割らなかったの、サプライズって知ってたからか。

「ごめんなあ俺、ほんっと恋愛慣れしてなくて……」

「……ほんとに？　なんか地元に遠距離の本命の人いるのかなって、ちょっとだけ、その、思っちゃってた」

「どうして？　説明しただろ、地元のこと。つか、ちゃんと付き合うのって海結さんが初めてだし」

海結さんがぴくっと固まって、おずおずと俺を見上げた。

「初めて？」

「うん。あれ、言ってなかった？」

「い、言ってなかった……」

海結さんの頭の周りに「？」が飛び交う。

「え、だってなんか、いろいろ手慣れてる」

「いや手慣れてはないだろ」

「そんなことないよ。目線合わせてくれたり、歩幅合わせてくれたり」

「そんなの、俺が海結さんの顔見たいからに決まってるだろ。一緒に歩きたいから。それ以外なんもないよ」

海結さんは目を瞬き、「なら」と小さく言う。

「じゃあ『ひいちゃん』さんて、一体誰」

「ひいちゃん？　ん、海結さんどこで知ったんだ、ひいちゃんのこと」

海結さんは申し訳なさそうにしながらスマホの新着を見ちゃったんだって呟いた。

「言ってくれたらよかったのに」

「だ、だって。なんか、峻岳くんの気持ち疑ってるみたいに取られるかなって、それ怖くて」

ぽろぽろ溢れる涙を大慌てで指で拭《ぬぐ》う。

「っ、海結さん、ごめん。ほんと、ひいちゃんのことで誤解させてるなんて思ってもみなくて……！」

罪悪感で息苦しい。海結さんが泣いてるなんて、そんなの俺にとってほんと世界の終わりも同義だ。

海結さんは笑っていてほしいのに。

俺が泣かせてる。俺がしでかした粗忽《そこつ》な行為によって、海結さんを悲しませている。

すん、すん、と海結さんは涙で鼻を鳴らす。ぎゅっと心臓が痛んだ。

覚悟を決め、思い切って海結さんに告げる。

「あのさ、海結さん。ひいちゃんに会ってくれる？」

【五章】

「海結《みゆ》さん、こっち」

峻岳《しゅんがく》くんに手を招かれ、私は広い日本家屋のお座敷に通される。峻岳くんの実家だ。

山々が望める大きなお庭に面したお座敷の、日当たりのいい広縁に介護用のベッドがひとつ。

まだゴールデンウイークだというのに真夏のように暑いせいか、すでに扇風機もついていた。

「あ、ひいちゃん寝てるかも」

峻岳くんがそう言って、そこに眠る白髪のとっても小さな女性の顔を覗《のぞ》き込む。

「ひぃちゃーん？　ただいま、ひいちゃん。聞こえてる？」

「峻岳、ひいおばあちゃん最近よく寝てるのよ。そのうち起きるわ」

峻岳くんのお母さんがそう言って笑い、私を振り向き言った。

「ごめんね海結さん、せっかく来てくれたのに。おばあちゃんもう百二歳だからかな、ずーっと寝てるのよ」

私は緊張でガチガチになりながら頷《うなず》いた。なにしろ彼氏の実家だし……それにしても百二歳。改めて聞くとすごいな。百歳超えてる人、初めて会うかも。

「もうねえ、半分死んどるから」

その嗄《しゃが》れた、でも優しい声に目を瞬《またた》く。峻岳くんいわくのひいちゃんが、細く細く目を開いた。

……私ほんと自分が情けない。穴があったら入りたい。私があんなに嫉妬してた相手は、峻岳くんのひいおばあちゃんだったのだから。おばあちゃんも同居しているから、ひいおばあちゃんは「ひいちゃん」というわけだった。

「もう、おばあちゃんたら」

お義母《かあ》さんが苦笑しながらリモコンでひいちゃんのベッドの角度を変える。

「うーん、しわしわです、もう、しわしわ」

起き上がったひいちゃんはむにゃむにゃとそう呟《つぶや》いたあと、ベッド用のテーブルに置いてあったメガネをかける。何度か目を瞬き、私を見て「ありゃあ」と破顔した。

「峻岳のお嫁さんね。可愛らしい」

「まだ結婚してねえよ、ひいちゃん」

峻岳くんの返事に、ひいちゃんはフンフンと頷《うなず》いたように見えた。

テーブルの上には、拡大鏡とシニア向けのスマートフォン。なんとこれでメッセージアプリや写真アルバム共有アプリを使いこなしているというのだからすごい。うちのおじいちゃんなんて三十歳近くも若いのに、ようやくスマホに切り替えたばかりだ。

ひいちゃんは再びこちらに視線を向けた。

「……もにゃもにゃ」

うまく聞き取れず、峻岳くんを見る。彼もいまいち聞き取れていなかったのか、首を傾《かし》げて耳を近づける。

「ん？　なんだひいちゃん、聞こえないぞ」

「もーうしこんだんかってきいちょるのー」

首を傾げる。仕込んだ？　何を……と視線を峻岳くんに向けると、峻岳くんは困った顔で「ひいちゃん！」と優しくひいちゃんを嗜《たしな》める。

「ひいちゃん、それ、何回も電話で言うなって釘《くぎ》刺したのに。兄貴んときも義姉《ねえ》さんに言っただろ。危うく破談になりかけたんだからな。こら、聞いてる？」

その言葉に「何を」仕込んだと聞かれたのかわかってひとりで慌てる。ちょっと頬が熱いのをごまかすようにニコニコしておく。

ひいちゃんは可愛らしくむにゃむにゃと口元を動かした。

「ごめんね、おばあちゃん、都合のいいことしか耳に入らないの」

「いえいえ」

お義母さんの言葉に笑って頷きながら、峻岳くんがこちらに来るときに飛行機で言っていた内容を思い出す。

峻岳くんには結構歳の離れたお兄さんがいる。

なんでもひいちゃん、そのお兄さんの結婚の挨拶《あいさつ》の際、早くたくさん子供を産めだのなんだの、平成どころか昭和なことをお嫁さんに言ってしまったらしい。それでお嫁さんはかなり怒ってしまい、危うく破談になりかけたのだと言う。家族総出でお嫁さんの実家に謝罪に行ったらしい。

『それで、海結さんとひいちゃん会わせるの、プロポーズだったりとかいろいろと決まってからにしたかったんだ。ひいちゃんに説明なしで会わせると、ひいちゃんまた失礼なこと言いそうで。海結さん困らせたくなくて』

……とのこと。それで地元に連れてくるのを渋っていたのだ。

わかってみれば「なあんだ」だし、私としては、百歳超えたおばあちゃんから何を言われてもあまり気にならない。おじいちゃんでお年寄り慣れしてるのもあるかも。

というか「いつかプロポーズしてくれるつもりなんだ……！」とひとりでときめいてしまった。そういえば仲直りしたとき、一緒のお墓に入るとまで言ってくれていた。

きっと、プロポーズ自体はまだまだ先なのだろうけれど。

「で、仕込んだんか」

ギラリとした瞳を峻岳くんに向けてひいちゃんは言う。

「仕込んでないって！　海結さん困ってるだろ、もう。つか、ひいちゃん。さっきも言ったけど俺たちまだ結婚もしてない」

「なさけないねえ。さっさと孕《はら》ましぇんとお。それでも玉ついてるんかい」

もにゃもにゃしながらひいちゃんは続け、私は眉を下げて笑った。ちょっと照れて頬が熱いけれど。個人的には元気なおばあちゃんって感じで好きだ。

「ほんっっとにごめんなさいね海結さんー。もう、おばあちゃんったら！」

お義母さんがひいちゃんの耳元で少し大きな声で言う。

「峻岳、ま、だ、けっ、こん、して、ないよ！」

「あー？　そうなの」

ふむふむとひいちゃんは頷き、「早くしなさい」とそこだけやけにハッキリと言った。

「……おう」

峻岳くんはぽりぽりと頭をかく。私はひとりでこっそりうつむいて指をいじった。

「ごめんな、海結さん。なんか結局、ひいちゃん暴走してる」

「ううん、いいよ。可愛いおばあちゃんだね」

顔を上げそう言うと、峻岳くんはちょっとだけホッとした顔をする。

それを見ていたお義母さんが「あの」と小さく峻岳くんのTシャツの裾を引いた。

「なに、おふくろ」

「あの、実はみたいな展開ある？」

「ねえよ！　なんだよおふくろまで。セクハラだ。ひいちゃんに似てきたな」

「ええ、だって、ねえ。もうこんなに可愛い子、逃したら死ぬまで独身よう、頑張りなさいよ峻岳」

お義母さんが忍び笑いしながらお茶菓子を台所に取りに行ってくれて、私と峻岳くんはひいちゃんのベッド横の座卓の前に座る。

「ひいちゃん、俺が山で遭難してからすげえ心配性になっちゃってさ。それですぐ返信してたんだ。なにしろ超高齢だからさ、なんていうか、最後の連絡とかになるかもって思っちゃって。訓練のときは申し訳ないけど。電話も、ひいちゃん耳が少し遠くて、こっちも声がでかくなってうるさいから離れたところ行ってたんだ。それ最初に説明したらよかったんだよなー」

座卓の天板に頬をつけてぐでーんとなりながら峻岳くんは呟く。

「うーん。本当ごめんな海結さん。高校の寮暮らしからすっかり習慣になってて、ひいちゃんとの連絡を誰かに気にされるとは思いもよらず」

峻岳くんにいままで彼女さんとかいたら指摘されていたかもだけど、彼にそんな機会はなかったのだ。駐屯地の中にいたからだっていうけれど、かっこいいのに不思議すぎる……。

「ううん。聞けばよかったの」

私も眉を下げて「ごめんね」と呟いた。

「心配性だからさ、自衛官なるってときも猛反対で……あ、ひいちゃん。俺と海結さんから土産あるんだ」

峻岳くんが身体を起こしてボストンバッグを探る。出てきた柔らかめのお菓子の箱をひいちゃんに渡すと、ひいちゃんは「海」と呟いた。首を傾げる。

「しゅんちゃんは……まだ自衛隊」

「ん」

「そう」

ひいちゃんはお菓子の包装に書いてある長崎《ながさき》の海のイラストを撫《な》でて「海でねえ」と目を細めた。

「しゅんちゃんのひぃおじいちゃんは、海で死んだんだよ」

「え？　あ、そうなの？」

峻岳くんは目を瞬く。

「戦争で死んだんだ。しゅんちゃんが自衛隊に入るの反対したの、それでだ」

峻岳くんが目を瞠《みは》る。私も小さく息を呑《の》んだ。みじろぎすらできない私の視線の先で、ひいちゃんは懐かしむような目をする。

「ひいちゃんは海見たことないんだけど、あの人は海で、おっきな船に乗っててね。魚雷で沈められて、死んだんだってさ。だからなあんにも返ってこなかった」

骨もなあんにも。ひいちゃんは目を細める。

遠くで山鳥が高く鳴いた。

時を重ねた指先が、再び海のイラストを何度も優しく撫でる。

「最後に会ったのは出征のときだよ。あの人、ひいちゃん見ながら敬礼して笑ったんだ。万歳、万歳ってみんな言ってた。だからね、ひいちゃんは万歳と敬礼が嫌い」

私はひいちゃんから目が離せない。ひいちゃんは目をしょぼしょぼとさせ、峻岳くんを見た。

「だから、自衛隊なんて、最初は反対したんだけどねえ。でもまあ、性分なんだろうさ。この子はちっちゃい頃から決めたことは譲らないからね。それに、この子を助けたのも自衛隊だった」

そうして優しく口元を緩める。

「それにしたって、ひいちゃんには、ここを出たい気持ちはわかんないね。ひいちゃんは、ここで米と子供育てて、年取って、死ぬのさ」

そう言ってゆっくりと目を閉じる。

子供を育てて、お米を育てて、ゆっくりと歳をとってきた。

その間、ここに夫がいればと、何度も思ったのだろう。

私は峻岳くんの大きな手を握った。

何か意味があったわけじゃない。ただ、離したくないと思った。峻岳くんはぎゅっと握り返してくれる。このぬくもりがとても愛おしいと、そう思った。


夕食は鈴木《すずき》家勢揃《せいぞろ》いだった。本当に大家族だ。なにしろひいちゃん以下四世代が同居しているのだ。

「あーこの子は大きくなる前にどっかで死ぬねえと思ってたんだけどね、ひいちゃんは。まあ大きくなりました」

峻岳くんの幼少期の悪戯《いたずら》についてひいちゃんから聞き、私はなんだか血の気が引いた。

山に川に縦横無尽に駆け巡ってきたらしい。ひいちゃんが心配性になるのも仕方ないと思う。

「いやなんか、やりたいと思ったら突き進んじゃうんだよな」

甥っ子くん姪っ子ちゃんに頭や背中によじ登られながら、峻岳くんは当たり前のようにケロッと言った。ひいちゃんがため息を吐《つ》く。

「だから、まあ、何かあの子が決めたら、周りがどれだけ止めても無理だ。まったくねえ、誰に似たんだか」

私は小さく頷く。

峻岳くんはいつもそうなんだ。海釣《づ》りだって、釣れなくったって、へたくそだって、そうするって決めたからどれだけ難しくっても大変でも、それが楽しいんだ、そういう人なんだ。

でもそんな彼は、私にはとっても甘い。お仕事以外はなんでも私優先だし……いまだに、なんで私のことなんかそんなに好きかわかってないのだけれど。美味《おい》しいお米を食べながらこっそりと首を傾げた。

その日は離れの部屋に泊めてもらうことになった。母屋にある峻岳くんの部屋だったところは、いま甥っ子くんのものになっているそうだ。

「客間もいまひいちゃんの部屋になってるからなー」

峻岳くんの言葉に頷きつつ、庭にある離れに上がらせてもらう。小さな平屋の日本家屋だ。嫁いだばかりのひいちゃんが新婚生活を送ったお家らしい。少しだけ古いけれど、すごく綺麗《きれい》にされていた。

「おー、蚊帳《かや》だ」

峻岳くんは嬉《うれ》しげに座敷に敷かれた布団の上に吊《つ》られた蚊帳を見る。

「わあ、初めて見た」

「蚊はまだいなさそうだけど、他の虫出るからな」

離れにエアコンがないため、庭に面した掃き出し窓を大きく開いていた。網戸もないため、虫が入って来てしまうのだと言う。

「入ってみる？」

頷いて中に入る。なんだか不思議な気分だった。

「俺さあ、小さい頃これ好きで。なんかキャンプみたいだし、ひとりで離れでこれで寝てたんだ」

そう言って庭の向こうを指さす。まだ稲が植えられていない田んぼが広がる。このあたりの田植えは六月なのだそうだ。

「夏でも、田んぼの水の上を風が通ってくるからこの部屋は涼しくて」

「すごい。天然のクーラーだ」

「でも最近は風吹いても暑いんだろうなあ。今年も暑くなんのかなあ」

「なりそうだよねえ」

ふわりと風が吹いて、私は目を細める。日中は真夏みたいに暑かったけれど、この時間になると過ごしやすい。

ところで、私も峻岳くんも浴衣だった。昔ひいちゃんが縫った浴衣をプレゼントされたのだ。お祭りに行くようなやつじゃなくて、昔はいわゆる寝巻きにされていたんだなとわかる着心地のよいもの。縫ったけど使わなかったそうだ。

「しかし、俺ちょっと丈短いなこれ」

峻岳くんはお布団の上であぐらをかきながら笑う。

「そう？　似合ってるよ」

「海結さんのほうが似合う。あと風呂上がりの髪めちゃくちゃいいね」

「そ、そう？」

私はなんだか照れてしまって、指先で髪を弄《いじ》る。それを峻岳くんは見ていたけれど、ふと双眸《そうぼう》を真剣なものにして私に頭を下げた。

「海結さん。まずは本当にごめん。俺の浅慮で嫌な思いさせた」

「え、わ、わあ。何回目なの、謝るの……。私も悪かったんだって。もうおしまい、ね？」

峻岳くんはむっと唇を引き結び、それから小さく頷き「それから」と私を抱き寄せる。あぐらをかいた膝の上に乗せ、肩口に顔を埋めた。ちょうど鼻のところに峻岳くんの頭がきた。少しまだ湿っている、洗い立ての髪の毛の匂い。

「俺は海結さんを守れない」

「――え？」

「地震でも台風でもほかの有事でも、俺は海結さんのそばにいられない。他の人を守りに行かなきゃいけない。ひいちゃんの話を聞いて改めて突きつけられたんだ。何か起きたら、俺は海結さんをひとり残して行くことになるって」

でも、と私の頬を彼は撫でる。

「ごめんな、手放してやれない」

私は目を瞠り少し身体をずらした。じっと峻岳くんの顔を見つめる。端正な眉目は辛《つら》そうに微《かす》かに歪《ゆが》んでいる。

「この間、な。訓練で溺《おぼ》れかけたんだ、俺」

「えっ」

私は思わず彼の頬を撫でる。

「大丈夫だったの？」

「ん」

峻岳くんは私の手のひらに擦り寄る。そうして目を細め続けた。

「俺、そんとき思ったんだ。海結さんの笑顔が見たいって。ずっと見てたいって。見ずに死ぬのなんか嫌だって、俺は海結さんの笑顔のために生きるって」

だから、と峻岳くんは私の背中を撫でた。

「いちばん近くで、毎日、海結さんの笑顔が見ていたいよ」

「峻岳くん……」

「海結さん、大好きだ。愛してる。死ぬほど愛してる。けど俺は海結さんを直接は守れない。でも、こうなったら国ごと君を守る。そう決めた。だから」

峻岳くんはふう、と息を吐き私の頬を両手で包む。まっすぐな視線が絡む。その瞳が線香花火みたいにパチパチして見えた気がした。

「海結さん、俺と結婚してください」

私は「え」と間抜けな声を上げ目を瞬く。

結婚?

「えっ、と、その」

「お願いします。俺の横でずっと笑ってて。その努力は惜しまない。なにがなんでも笑わせる。もう悲しませない、泣かせない。絶対に」

「峻岳くん」

「俺もう、海結さん以外考えらんない」

ぎゅうぎゅう抱きしめられながら言われ、私は泣きそうになる。胸がいっぱいで、言いたいことたくさんあるのに、声になってくれない。そっと彼の背中を撫で、小さく頷く。

「私でいいの？」

「海結さんがいい。酔っ払いから俺を守ろうとした海結さん、かっこよかった。その心根にほんとにやられたんだ、俺」

私は目を瞬く。かつてカレーフェスタで起きたあの出来事を思い返す。あのとき、反射的に身体が動いていた。

「海結さんみたいに、誰かのために動ける人ってそういないよ。かっこいい。大好きだ」

じわ、と胸の奥があったまる。

おせっかいで浮いてた私。たくさんおせっかいしていいって、かっこいいって言ってくれた峻岳くん。

私は彼にしがみつく。浴衣に微かに香る防虫剤の匂いと、峻岳くんの匂い。柔らかな浴衣が私の涙で濡《ぬ》れていく。

「っ、よろしくお願いします」

そう答えるので精いっぱいだった。

ば、と峻岳くんは私の顔を覗《のぞ》き込み、そうしてぱあっと顔を輝かせた。

「よっしゃあ！」

逞《たくま》しい腕に閉じ込められて、頭とかこめかみとかに雨みたいにキスが落ちてくる。

「ふふ、くすぐったい」

「だって本当に嬉しい」

そのキスが唇に触れる。触れるだけのそれが、どんどん深くなって——気がつけば、貪《むさぼ》られていて。峻岳くんの分厚い舌が口内を動き回る。

「触っていい？　海結さん、大好き」

甘えた声で言われれば、抵抗できない。

峻岳くんに頬擦《ほおず》りとキスを繰り返されながら浴衣越しに胸を揉《も》みしだかれ、必死に声を抑えた。

「今日だけ、声、我慢な？　この辺響くから」

私は半泣きでこくこくと頷く。

峻岳くんは私を布団に横たえ、浴衣の胸元をはだけさせる。彼は軽く目を瞬く。

「あれ、今日下着つけてる」

「ん、彼氏の実家来てるのにさすがにノーブラはちょっと」

ちなみに持ってきていた下着類は、量販店で買った着心地のいいやつだ。加奈ちゃんにかつがれて買ったレースのやつは置いてきた。いま着けているブラジャーは、スポブラタイプの締め付けがまったくないやつだ。着け心地がいい。

「きつくない？　脱いでおこうか」

彼はそう言ってにやりと笑ってブラジャーをたくし上げ、迷うことなく乳房の先端を口に含む。生暖かくぬるついた感触に小さく「ひゃあっ」と声が出た。

「こら、しー」

口に含んだまま優しく甘い声で注意され、私は半泣きで口元を押さえて頷く。彼はもう片方を指先で弄りつつ、口の中でさんざんに先端を舐《ねぶ》り尽くした。舌先で転がしたり、赤ちゃんみたいに吸ったり。おずおずと視線を下げると、乳房を大きな舌でべろりと舐《な》め上げる峻岳くんと目が合う。

思わず息を呑んだ私に峻岳くんはにやりと笑い、目を合わせたまま先端をねっとりと舐められてしまう。唾液でテカテカと光る先端を、峻岳くんの綺麗な歯が甘く噛《か》んで……。

「はぁ、あっ、だめ……」

ヒクヒクと腰が震えた。峻岳くんは浴衣をめくり、私の脚を露《あら》わにする。太ももを撫でさする大きな手のひらに、呼吸に声が混じるのを必死で耐える。

「ひゃ、っ、ぁ、あっ」

「可愛いなあ……もう声とか気にせずめちゃくちゃ泣かせようかな」

「や、やめて……あ！」

下着越しに肉芽を弾《はじ》かれた。半泣きで口元を押さえ、彼がクロッチをずらして肉芽を擦るのも、皮を剥《む》いて指で押し潰《つぶ》してくるのも必死で耐える。そうしているとかえって快楽が生々しく感じてしまう。

肉芽を弾かれ、びくっと身体が跳ねた。きゅうっっ……とナカが収縮しているのがわかる。絶え間なくトロトロと粘液が滲《にじ》み出ているのも。ぬるぬるで切なくてもはや痛いくらいで、ナカに彼のものを挿《い》れて慰《なぐさ》めてほしくてたまらない。

「イってる海結さん、かわい……」

頬にキスされ、嬉しげに頭に頬を寄せられる。そのまま彼は物欲しげにうねっていただろう蕩《とろ》けたナカに指を入れる。とたんに彼の指に甘えて吸い付く肉襞が恥ずかしい。あさましく腰が揺れた。

「は、はぁっ、あっ、ああっ」

呼吸がひどく速い。奥が寂しくてさらに腰が揺れてしまう。一番奥、ぐりぐりしてほしくて、辛すぎて……。

「もう欲しそう。どうする？」

峻岳くんに聞かれ、私は必死でこくこくと頷いた。彼の熱を私に埋めて突き上げて慰めてほしくてたまらなくて。彼は私から指を抜いて、私の目を見ながらぺろりと濡《ぬ》れた指を舐め目を細める。

「おいし。海結さんの味」

「絶対おいしくないよ……っ」

「そうかな」

峻岳くんは不思議そうにしながら、自分の浴衣の裾をたくし上げた。枕元に置いてあったボストンバッグからコンドームの箱を引っ張り出し、くるくると着けてから笑う。

「すご、海結さんのここヒクヒクしてて可愛い」

彼は私の入り口に指を這《は》わせ、そうして気がついたように私の前髪をかき上げ、快活に笑う。

「そうだ、わかった。声出ないように塞《ふさ》いどいたらいいんだ」

「え？」

ナカを最奥まで一気に貫かれるのと、口がキスで塞がれるのは同時だった。喘《あえ》ぎ声はくぐもって峻岳くんの口の中に消えていく。

「んー……っ、んんんっ」

頭と腰を抱えられ、逞しい身体と腕に閉じ込められて口を塞がれて、ごちゅごちゅと最奥を何度も穿《うが》たれる。息が苦しい、苦しいのに気持ちいい。ぽろっと涙が溢れる。

私のナカを彼の切先が擦って突き上げる。入り口から一番奥まで余すところなく暴力的で硬い熱がずるずると拡げながら動く。そのたびに快楽が頭の芯まで痺《しび》れさせ、峻岳くんの広い背中に手を伸ばししがみついてしまう。

「ふぅ、ううっ……うっ」

くぐもった声が、泣いているのか喘いでいるのか、自分でも判然としない。ナカがうねって、肉襞が痙攣《けいれん》し彼のものを頬張って吸い付いていた。

「は、すっご……やばいな、食いちぎられそう」

峻岳くんが微かに唇を離して呟く。大きく喘ぎかけた私に再び彼は深くキスを重ね、最奥、子宮の入り口を抉《えぐ》らんばかりにぐりぐりと腰を動かした。

目の前がパチパチして涙が出る。

「ふ、ぁ、ぁっ」

必死で口を開き呼吸をする。合間に掠《かす》れた声が漏《も》れる。下腹部がたっぷりと潤んだ熱を持ち、いまにも弾けんばかりになっていた。ヒクヒクとナカの粘膜が蠢《うごめ》き、ドロドロの粘液が溢れだす。

「はぁ、ぁ、あぅ」

だめだ、何か出ちゃう。きちゃう。お布団、汚しちゃう。彼に訴えたいのに、口はすっかり塞がれていた。「んんん！」と必死で叫《さけ》ぶと、峻岳くんはぱっと私から唇を離し、まじまじと私を見下ろした。

「イきそう？」

こくこくと頷くと、彼は汗ばんだ私の額を撫で、明朗に笑う。

「もし潮噴いても大丈夫だよ。これ俺の布団だしシーツだし。ちゃんと自分で明日洗うから」

「ゃ、むり……っ、あんっ、そういう問題じゃない、よぅっ」

「いいよ、ほら大丈夫、イっていい。いっぱい潮出していいよ海結さん」

そうして強面をゆるめて優しく優しく甘い声で続ける。

「可愛い、海結さん。イくとこ見たいな」

そう言ってぐちゅ、ぐちゅ、と優しく子宮を突き上げる。ゆっくりと動かれると、まざまざと彼の熱や形を感じる。きゅう、きゅうっ、と入り口が窄《すぼ》まっている。彼のものを食いしばり、奥に、最奥に誘おうと身体が淫《みだ》らな動きを繰り返す。じゅくじゅくになっている身体をさらに暴こうと硬い熱で苛《さいな》まれて――。

「やだぁ、あ……っ」

我慢できなかった。強い悦楽に身体を強張らせて、ぎゅうっと彼のものに吸い付いて、きゅぅ、きゅぅ、と不規則に収縮する。下腹部の熱は弾けて溢れ、シーツがすっかり濡れそぼる。

「や、だあ……っ」

泣きながら力の入らない身体でみじろぎすると、ずるっと彼が屹立《きつりつ》を抜く。は、と息を吐いた瞬間、軽々と抱き上げられ、あぐらをかいた彼の上に座らされる。そのままお尻を掴《つか》まれ持ち上げられ、ぐちゅっと再び挿入される。最奥が自重でぐぐっ……と突き上げられる。

「あ、はぁ……ぁ」

彼の肩に手を置き、顎を反らす。そこに彼は甘くかぷかぷと噛みつき、私の腰を前後に動かし出す。奥と子宮の入り口を大きく肉張った先端にずりずり擦られるたびに絶頂してしまう。

そしてそこから下ろしてもらえない。

「イ……ってる、も、イってる……ぅっ」

必死で声を抑えて訴える。大声で泣き喚《わめ》き喘いだら、この快楽も少しはマシになるだろうに、そうできない状況で……！

「知ってるよ。ぎゅうぎゅううねっててマジで可愛い。海結さんの子宮、ほんと素直で可愛いよなあ」

内臓に可愛いもなにもない、と思う……のに、文句は言葉になってくれない。イき続けてしまって思考がバラバラだ。気持ちいい、気持ちいい……。

峻岳くんはイきっぱなしでもうぐちゃぐちゃだろう私の頬にキスを何度も落とす。

「可愛い、海結さん、大好きだよ。絶対に離さない。もう逃げらんないからな」

私は彼に貫かれ揺さぶられ、イかされ絶頂させられながら気がつく。もう、私、彼から逃げられないんだなあ。

わかってたのになあ。

あのとき、酔っ払いから庇《かば》ってもらったとき。告白されたとき、ここで捕まったらもう逃げられないって、わかってた。

「愛してる、海結さん」

蕩けるように甘い声で彼は私を呼ぶ。

私はそっと頬を緩める。

まあ、私も逃げようなんて思わないのだ。

だって私も――彼を逃してあげるつもりなんてないので。

だから、私もとびきりの甘い声で彼を呼ぶのだ。

「峻岳くん。大好きだよ」

そうして私は自分から彼に唇を重ね、すぐに離れて微笑《ほほえ》んだ。

ね、いつだって私、笑ってるから。

だから離さないでね。離れないでね。遠くにいっても、帰ってきてね。そんな気持ちを込めて、何度もキスを繰り返す。

峻岳くんは息を呑み——それからなんだか少しだけ、泣きそうな顔で笑った。

【エピローグ】峻岳

ひねもすのたりのたりかな、と言ったのが誰だったかまったく記憶にないけれど、そのフレーズだけが頭に残るってことはよくあることだと思う。あるあるだ。まあ、とりあえず春の海だ。

「よっしゃー、三匹目〜！」

この春で一年生になったばかり、長男の山岳《さんがく》が俺の横で魚を釣《つ》り上げた。俺を挟んで反対に座るまだ三歳の海瑠《みる》も海結《みゆ》さんのおじいさんと一緒にもう何匹も釣り上げていた。

いつもの、海結さんのおじいさんの船の上。

俺はもう何年続くのかわからないボウズ記録を更新し続けていた。

「まだ釣れんと！」

おじいさんに言われ「いやあ」と頭をかいた。

「釣れませんねえ」

おじいさんはムウと唇を引き結ぶ。

「オレの目が黒いうちに、一匹は釣らせる」

「あはは、あと三十年は生きてもらわないと」

「そげんかかるか！」

おじいさんは呆《あき》れた顔をする。子供たちもきゃらきゃらと笑った。


船が港に戻ると、大きなお腹を抱えた海結さんが大きく手を振っていた。もうすぐ三人目の予定日なのだ。

「おかえりー！」

「母さん！　また父さんボウズばい！」

山岳がでかい声で報告する。

「ううん、新しい釣り竿《ざお》もだめだったか」

結婚して九年。いまだに海結さんは俺に魚を釣らせるのを諦めてない。釣れなくともこれはこれで楽しいのだけれど、まあ海結さんは諦めない人なのだ。

「釣り堀に行ってみようか」

「それは俺の中で邪道なんだ」

「練習です、練習。おじいちゃん、海瑠ありがとねー！」

おう、とおじいさんは手を上げる。

駐屯地近くに建てた家まで車で帰る道中、子供たちはすやすやと眠ってしまった。

「そういえば、ひいちゃんから電話あったよ」

海結さんに言われ、運転しながら「おー」と頷《うなず》いた。

「お腹の赤ちゃん心配してくれてた」

「あの人、心配性だからな」

ひいちゃんは百十歳を過ぎてもまだまだしっかりしていた。最高齢記録を更新せんばかりの勢いだ。元々おばあちゃん子だったという海結さんはすっかりひいちゃんに懐いて、俺より本当のひ孫のように可愛がられている。

「ひいちゃん、大切なものがたくさんあって心配で大変なんだって。素敵《すてき》だなって思ったよ」

笑う海結さんに俺も目を細める……と、海結さんが「あのね」と呟《つぶや》いた。

「ん？」

「もしかしたらなんだけど」

「うん」

「産まれそう」

俺は「んんん？」と言いながら車を慌てて路肩に停めた。う、産まれる？

「前駆陣痛かな〜って思ってたんだけど、違ったみたい」

そう言って眉を寄せ「あー……」とお腹を抱えてさすった。冷や汗が出ている。こんなに急に産気づくものなのか⁉

「ふたりのとき、なかなか生まれなかったから油断してたぁ……」

海結さんが掠《かす》れた声で言う。俺は半分混乱しながら病院に向けて車を走らせる。子供たちは加奈《かな》さんに見てもらうことになっていた。


山岳が生まれたときも、海瑠が生まれたときも、俺は仕事でいなかった。だから、目の前で赤ん坊が生まれるのに立ち会うのは生まれて初めてだった。ふにゃあ、ふにゃあ、と助産師に抱かれた赤ん坊が泣いて、俺は握りしめていた海結さんの手を包み直す。

「海結さん、おつかれさま。大丈夫？」

ぐったりとした海結さんに、それくらいしか声がかけられない。

疲れ果てて分娩台の上で汗だくな海結さんは、それでも嬉《うれ》しげに頬を緩める。

「大丈夫だよ。それより、赤ちゃん抱っこしてあげて」

「俺、先にいいの」

「いいよ」

俺はおそるおそる生まれたてでふにゃふにゃの赤ん坊を抱っこする。腕の中にいる小さくて一生懸命な命。なんだかそれだけで世界が素敵なものになっていく気がした。

目の奥が熱い。

「ふふ、泣かないでよ」

「うん、でも、かわいくってさあ」

俺は目を細める。小さな小さな指先が、きゅっと俺の手を握る。幸せすぎて息苦しい。海結さんは優しく微笑《ほほえ》んでいる。


——このところ、なんとなくわかったことがある。それは「あるある」な毎日はめちゃくちゃ幸福だってこと。

願わくば、この平穏な日々が永遠に続きますように。海結さんと子供たちが、平穏に普通な幸福を生きていけますように。

俺はそのために全力で皆を守ろうと、そう思うのだ。国ごとひっくるめて、全部全部守って、そして海結さんの笑顔の元に帰る。

そう決めている。

俺は決めたことは譲らない、そういう男なのだ。

【番外編】

長子、山岳《さんがく》が生まれて三年と少し。

なんと、私と加奈《かな》ちゃんのカレー屋さんは大繁盛し、ついにオフィスが立ち並ぶエリアに小さいけれど路面店をオープンすることができた。

ただし、牛丼屋として。いや、決して牛丼専門を標榜《ひょうぼう》はしていないのだけれど、世間的にはうちのお店は牛丼専門店らしかった。

「まさか、余ったお肉で提供した牛丼がここまで当たるとはね」

美味《おい》しそうな出汁の匂いが漂うキッチンで、私は寸胴鍋の蓋を取りながら呟いた。窓からは五月の爽やかな朝日が差し込んでいる。

「人生万事塞翁が馬よ！　あははは」

加奈ちゃんはカレーでも牛丼でも売れればなんでもいいらしく、満足そうに温玉の仕込みを続けている。

「でも、カレーも結構評判だよね」

「牛丼の名店の隠された裏メニュー！　ってテレビで紹介されたけどね」

「隠してない……」

がくりと肩を落とす。うちはカレー屋さんです。でも誰も信じてくれない。

「ところで、なんで海結《みゆ》ちゃんってカレー好きなんだっけ」

「んー……ほら、私、転校多かったでしょ？　でもどの学校でも、給食のカレーは美味しかったんだよね。まだ友達に馴染《なじ》めてないときでも、クラスで浮いちゃったときも、せっかくできた友達と離れたくなくて泣いてるときでも、カレーはすごく美味しかった」

転校が多かった子供時代を支えてくれた味なのだ。

それ以来、カレーにハマっているのだけれど……いまやお店は牛丼メインだ。そしてかなり繁盛している。もちろん、お客さんが「うまい！」と喜んでくれるのはとても嬉《うれ》しいことなのだけれども！　でもなんかこう、切ない。みんなカレー食べてよ！

ちなみに加奈ちゃんは以前上司と大喧嘩《おおげんか》して会社を退職、フラフラしているときに飲み友達から『キッチンカー買わない？』と話を持ちかけられ、酔っ払って契約してしまった。せっかくだからとキッチンカーでお店を始めたはいいものの、思った以上に大変。そこでカレーマニアの私に『カレー屋やらない？』なんて甘いことを囁《ささや》いたそうだ。それにほいほい引っかかる私も私なのだけれど。

「あ、海結ちゃん時間じゃない？　もう八時になるよ」

「ほんとだ。今日、お店任せちゃってごめんね」

「いいよいいよ、じきにバイトくん来るし。むしろ土曜の朝から仕込みありがとう」

普段、オフィスエリアにあるこのお店は土日、お休みをもらっている。今日は近くでイベントがあるので、ランチタイムだけ開けるけれど……。

「……何回も言うけど、バイトさんに手を出さないでね」

「…………ハーイ」

「か、加奈ちゃんっ」

「冗談。冗談だってー。それより旦那さんと山岳によろ～」

私は疑いの視線を向けつつ、キッチンを出る。あの真面目そうなメガネをかけた大学生アルバイトくん二十二歳が加奈ちゃんの毒牙に引っかからないことを祈りつつ、お店を出る。

今日は山岳の通う幼稚園の運動会なのだった。

駐屯地のあるエリアではなく、お店の近くにある私立幼稚園のため、保護者で自衛隊関係の方は少ないようだった。うちからも遠いのだけれど、私の仕事との兼ね合いだ。

「あ、きた。おーい、こっち」

幼稚園の門扉前で、山岳を抱っこした峻岳《しゅんがく》くんが手を振る。横には「うんどうかい」の立て看板が立てられている。可愛いウサギやヒヨコのイラストつきだ。

「海結さん、仕込みおつかれさま！」

「ううん、朝から私いなくて、山岳大変じゃなかった？」

近づきながら聞けば、峻岳くんは「いや」と快活に笑う。

「そんなことないよ。いい子だったよ。なあ、山岳～」

峻岳くんは体操服姿の山岳のふくふくほっぺに頬擦《ほおず》りをする。予想はしていたけれど、すっかり子煩悩だ。山岳は微妙な表情をしている。

「まま～」

「はいはい、おいで」

甘えん坊の山岳を抱っこする。ずいぶん重い……というか母子手帳の成長曲線の一番上を順調に推移している山岳は、甘えん坊なのにとても大きい。そこも可愛いのだけれど、まあ生まれるときも大きくて大変だった。

「じゃ、行こっか。今日はテントに直接でいいんだよね？」

園庭はすでにたくさんの保護者でいっぱいだった。ただ、保護者席はないので子供たちのテントの後ろで立っている形だ。

「午前中だけなんだな」

峻岳くんは万国旗がはためく園庭を眺《なが》めながら目を瞬《またた》く。

「いまはどこもそうみたい。小学校も」

「へー。あ、おはようございます」

「鈴木《すずき》さん、おはようございます！」

山岳の担任の先生が元気にこちらに手を振っていた。

「山岳くん、おはようございます」

「おはようございますっ！」

元気に挨拶《あいさつ》する山岳を見てほっこりする。そのまま水筒をかかえ、先生とテントの下に並べられた自分の椅子《いす》に座る山岳。すっかりお兄ちゃんだなあ、もう幼稚園生だもの。

感慨深く思いながら峻岳くんに視線を向けると、なんと彼はすでに涙ぐんでいた。

「は、早くない……!?」

「いやだってさあ。あーんなにちっちゃかった山岳が、なんか立派にさあ……」

そう言って目元を拭《ぬぐ》う峻岳くんの背中を、ぽん、と誰かが叩《たた》く。振り向くと、三十代後半くらいの男性が立っていた。見慣れてきた私にはなんとなくわかる。伸ばされた背筋と、この立ち方。間違いなく自衛官だ！

「あれ、西ケ谷《にしがや》三佐」

やはり合っていたらしい。驚いている峻岳くんの横でぺこりと頭を下げた。そんな私に西ケ谷三佐と呼ばれた男性は穏やかに会釈をしたあと、微《かす》かに首を傾《かし》げた。

「おつかれ。鈴木の子供、同じ幼稚園だったんだな」

西ケ谷三佐の横で、奥さんもニコニコしながらぺこっと頭を下げてくれる。「水機の鈴木」と紹介されると、奥さんは「ええ、あの訓練が大変だっていう」と大きな目を丸くした。なんだか可愛らしい仕草《しぐさ》につい微笑《ほほえ》んでしまう。目が合うと、奥さんはさらに目元を和ませた。

「鈴木さんのところはお子さん、年少さんですか？　どの子……わあ、可愛い」

西ケ谷さんの奥さんに「可愛い」なんて言われて照れる。なにしろ周りより大きい子だから、可愛いより「えっ五歳くらいだと思った」「この子は大きくなるねー！」系の声かけが多いのだ。

まあ、西ケ谷さんのところは、一番下のお子さんがもう年長さんというのもあって、年少なんてみんな小さく見えちゃうのかもしれない。

「じゃあ、あとで保護者競技のときにでも」

「あ、三佐。保護者競技ってなにするかご存じですか」

峻岳くんが聞くと、西ケ谷さんが首を傾げた。

「さあ、それがわからないんだ」

「毎年、サプライズ発表みたいなんです」

西ケ谷夫婦の言葉に目を瞬く。そこをサプライズにしなくたって……！

にこやかに年長さんのテントのほうに向かう夫妻を見送りつつ、峻岳くんを見上げた。

「西ケ谷さんって、直属の上司の方？」

「や、駐屯地の医務室のドクター」

「へえ、お医者さんなんだ」

「医者なんだけどレンジャー持ちだよ。訓練もついてきてくれる」

へえ、と目を瞬く。レンジャーなんて、峻岳くんですら『辛《つら》かった』と素直に言っちゃうくらいの訓練のはずなのに。

ややあって運動会が始まる。開会式、背の順で一番後ろだった山岳はすぐに見つかる。真剣な面持ちと、アニメキャラクターの声のラジオ体操を一生懸命にこなす姿に私も涙ぐむ。すごい、家ではわがまま放題なのにちゃんとやってる……！

「わああ可愛い……」

峻岳くんはスマホで録画しながら小声で感動して「可愛い」を連呼している。山岳は私たちを見つけ、嬉しげに笑ったあと、より気合を入れてジャンプまで張り切っていた。可愛すぎてキュンとする。

年長さんのリレーで幕を開けた運動会は、年中のサーキットの順に進む。そして年少のかけっこ！

「山岳ー！　頑張れ！」

先頭を走っていた山岳だけれど、途中で転けてしまった。けれどすぐに立ち上がり、諦めずにゴールする。保護者から送られた拍手に不思議そうにしている我が子がとても誇《ほこ》らしかった。

テント脇で先生からもらった絆創膏《ばんそうこう》を膝に貼ってあげていると、『次が保護者競技三十メートル走です』とアナウンスが入った。

ちなみに絆創膏なんて貼らなくても大丈夫な擦り傷だけれど、山岳は絆創膏を貼るとどんな怪我《けが》でも治ると信じているのでとりあえず貼りたいらしい。

「これでよし！」

「ありがとっ」

にこっと笑い、山岳は自分の椅子に戻っていく。

「よーし、頑張るぞ。山岳にかっこいいところ、みせてやる」

峻岳くんが気合たっぷりの声で快活に笑う。……けれど。

『男性の保護者の方はハンデでポックリに乗っていただきます！』

ポックリ……？　と首を傾げていると、先生方の手作りらしい木製のおもちゃが出てくる。

一本下駄《げた》みたいになっていて、長い紐が繋《つな》がっている。それを手に持って下駄部分に乗り、バランスを取りながら歩くおもちゃだ。

「わあ、あれか！　すごい懐かしい」

思わず呟《つぶや》く。幼稚園においてあって、遊んだ気がする。プラスチックのひよこ型のやつで、気に入っていた。

「えー、ポックリ……？　俺、知らないなあ」

「そうなの？　私いこうか？」

「や、いいよ。あれ、やってみたい」

峻岳くんのチャレンジ精神は健在だ。

保護者たちがゾロゾロとスタートラインに向かう。特に順番はないらしく、来た順のようだった。

「あれ」

私はスマホ片手に目を瞬く。どうやら峻岳くん、さっきの西ケ谷さんと同じ列になったらしかった。ぽん、と背中を叩かれる。

「あ、西ケ谷さんの奥さん」

「横いいですか？　ここうまく撮れそうで」

「あ、はい！」

西ケ谷さんの奥さんと並んで峻岳くんたちを眺《なが》める。ポックリを使うとさすがにスピードが出ず、和やかでのんびりとした保護者競技になっていた。運動会の定番、「天国と地獄」が響き渡る。

「あ、次ですね」

奥さんに穏やかに言われ、スマホを構えた。峻岳くんの体重（筋肉）にポックリが負けないかは、実のところちょっと心配だ。

『位置について、よーい、どん！』

先生のアナウンスで皆が走り出す。とはいえポックリに乗っているので……って、ふたりだけ速い！　峻岳くんと西ケ谷さんだった。

「ふふ、ふふふ、やだもう、うちの人ったら本気みたい」

奥さんが楽しげに言う。私も「うちもです」と苦笑を返した。なにもポックリの競争で、本気で争わなくても！

峻岳くんと西ケ谷さんの先頭争いに、園児たちから次々に歓声が飛ぶ。

「ぱぱー！」

山岳の応援も聞こえた。つい頬が緩む。

「峻岳くん、頑張れー」

私も声を張り上げ、笑いながら手を振ると、峻岳くんが元気に手を振り返してくる……と。

「あ」

峻岳くんがぽかんと目を丸くする。スピードを出しすぎたのか、彼は前方にぐらりと、走っていた勢いのまま倒れかける。

「峻岳くん！」

小さく叫《さけ》ぶ私の目の前で、峻岳くんは地面に手をついて前方に倒立し、そのまま回転した。バク転の逆だ。そうしてゴールラインを軽々と越えた。ぽっくりは置き去りだ。

「あっぶねー、こけるかと思いました」

「なんだそれ、はは」

ゴールしている西ケ谷さんがお腹を抱えて笑っている。峻岳くんの回転と、西ケ谷さんのゴール、同時に見えたけどどうだろう。

園庭は一瞬シンとして、すぐに歓声が沸き上がった。

「ええ、すごーい」

「いまの鈴木さんの旦那さん⁉」

周りの保護者さんたちに囲まれて心臓がきゅっとなる。なにしろいまだに、こう、目立つのは苦手だ……。でも。うん、さっきの峻岳くんは、かっこよかったよね。
「そうなんです」
えへへと笑ってみる。横で西ケ谷さんが「かっこいいねえ」なんてほんわか笑ってくれてて
……なんか、なんとなく、友達ができそうな気がしていた。

「うーん、ミスったな。まさか失格になるとは。ポックリごと回転すればよかったんだよなあ」

「それは危ないんじゃないかな」

無事に終わった運動会のあと。ファミレスで西ケ谷さん一家とお疲れ様会をして、帰宅する頃には山岳はすやすや夢の中だった。

「こいつ起きないなあ」

玄関で抱っこし直しながら峻岳くんがまじまじと山岳の顔を覗き込む。

「疲れたんだよ。ファミレスでもはしゃいでいたし」

「だよなあ。あんな大勢の人の前で何かする、なんてのも初めてだったしな。すごいなあ山岳は。日々成長してんな」

しみじみとしながら峻岳くんは山岳を寝室に寝かせに行く。私はふたりぶんのコーヒーを淹れ、加奈ちゃんに「今日どうだった?」とメッセージを送る。返信がない……え、加奈ちゃん

大丈夫だよね。うん、いくらなんでもバイトさんに手を出しては……ああわかんない、加奈ちゃんだもん。

「海結さん、どうした？」

背中からがばっと抱きしめられ、私は「重い～」と苦情を訴える。

「重いよ峻岳くん」

スマホをテーブルに置きながら、くすくすと笑う。

「んー、そう？」

峻岳くんは甘えた仕草《しぐさ》で私の頭に頬擦りしたり、ちゅっとキスを落としたり忙しそう。

「ところで峻岳くん、この手はなあに」

「んー？」

峻岳くんの大きな手が、そろそろと私のTシャツの裾をまくっている。軽く唇を尖《とが》らせるも、脇腹をつうっと撫《な》でられると、だめだった。

「ひゃん……っ」

「はは、ほんっとよわよわだよな、海結さん。可愛い」

嬉しげに峻岳くんは言って、私の耳をハムハムと噛《か》んだ。そのまま大きな口にむしゃぶられる。

「み、耳やめて」

膝から力が抜けそうになっているのを自覚しつつ、私は彼にしがみつく。

「やだよ。可愛いから」

耳元で、低く掠《かす》れた声で峻岳くんは言う。そのまま舌を耳の孔《あな》に入れ、あえてだろう、くちゅくちゅと音をさせて舐《な》める。

「か、可愛いなんて、そ、そんなの理由になってなぁ……ぁんっ」

ブラジャー越しに胸の頂《いただき》を弄《いじ》られる。身を捩《よじ》ると、すぐさま潰《つぶ》されるように揉《も》みしだかれた。

「あ、やだ、んっ、まだ明るいのに……！」

「海結さん。俺たち今まで明るかろうが暗かろうが、あんな場所やこんな場所でさんざんしてきたじゃん」

諭されるように言われ、頬に熱が集まる。

「あ、あれは、峻岳くんがぁ……っ、あんっ」

きゅう、と芯を持ち始めた頂を摘《つ》ままれる。

「はぁっ、んっ、んんっ」

「ほら、声大きい。山岳起きちゃうだろ」

彼から本当に優しく穏やかに言われ、しかし裏腹に先端を手のひらで押し潰すみたいにしながら触れられると、ダメだった。下着のクロッチがじわっと水分で湿るのがわかる。

「ん、うっ……峻岳、くん……」

耳をべろべろ舐めしゃぶられながら、胸をさんざんに甚振《いたぶ》られて。ジンジンしている先端をさらに摘まれ、指先で弾《はじ》かれて。

腰の奥がむずむずする。下腹部が切ない。どろり、と自分の奥から蕩《とろ》けた水分が溢《あふ》れている。

「峻岳くぅ……んっ」

彼を見上げ太ももを擦り合わせ快楽を逃す。峻岳くんは心底嬉しそうに目を細め、「ここ？」と手を胸から離し、足の付け根に触れる。

「ひゃあ、っ」

思わず腰が跳ねる。ジーンズ越しだというのに、少し強く触れられただけでこれだ。峻岳くんが私をいつも「気持ちいいのに本当に弱い」と揶揄《からか》うけれど、冗談じゃなくて本当に弱い気がしてきている。

ベルトを外されジーンズをくつろがされ、ショーツを太ももまで中途半端に下げた状態で、ナカをくちゅくちゅと弄られる。片手で背後から抱き留められ、もう片方で身体のナカを好き勝手に弄られて。

「あ、ああっ、あん……っ」

肉芽を指でぐちゅぐちゅ潰され、私は無様《ぶざま》に手で宙をかいた。ああ、もう、頭が真っ白になる……！

最奥が弾けるような、そんな絶頂に身体を震わせる。きゅうっとナカの粘膜が彼の指を締め付け、蠕動《ぜんどう》する。

「は、はぁ、ぁあ、あっ」

「はは、俺指動かしてないのに。必死でほんと、可愛いなあ」

イったにも拘《かか》わらず私は卑猥《ひわい》に腰を動かしてしまう。まだ、まだって、貪欲に彼のものをむしゃぶりたくてたまらないのだ。

「海結さん、ほんとえろい」

耳元で囁かれる言葉に頬を熱くする。半泣きで私を抱き留める彼の手を握ると、峻岳くんは「ごめんごめん」と私のいろんなところにキスを落とす。

「海結さんのナカ、ふわふわでほんと可愛い」

峻岳くんが呟き、ゆっくりと指を抜く。そうして私の両手をテーブルにつけさせ、かちゃかちゃと自身を取り出す。

「峻岳くん、あのね」

私は手をついたまま振り返り、彼を見上げた。

「……そろそろ、ふたりめ、考えない？」

峻岳くんは一瞬ぽかんとしたあと、頬を緩め私の頭を優しく撫でた。そうして私のＴシャツをたくし上げ、背中にちゅ、ちゅっ、とキスを落とす。

「海結さん、欲しいんだ？」

かぷ、と肩甲骨に噛み付きながら彼は言う。私はこくこくと頷いた。峻岳くんは少し迷うそぶりを見せる。

「ほしい……」

身体じゅうを好き勝手に弄《まさぐ》られながら、そう答える。これってどっちについて聞かれているのかな、子供のことなのか、峻岳くんのことなのか。

峻岳くんは低く笑い、私の腰を掴み屹立《きつりつ》をすっかりトロトロになった入り口に充てがう。

「ん……」

「すご。欲しくてヒクヒクしてる。ほんっとに弱々でかわい……」

峻岳くんはそう言いながらぐっと奥まで硬くて太い熱をねじ込む。ナカの肉が悦《よろこ》んでわななく。彼のものにすっかり馴染《なじ》んだ身体は、簡単に彼のものを受け入れる。

「あ、あっ……」

目の前がチカチカした。挿《い》れられただけで、イっちゃって……入り口がきゅう、と窄《すぼ》まり峻岳くんの根本を締め付ける。

「はー……直接やばい。ほんっと気持ちい。もう、なんか、出そう」

峻岳くんはそう言いながら、ぱしん！　と腰と腰がぶつかる音がするほど、激しく抽送を始めた。生々しく、直接感じる彼の体温。

「あ、あんっ、んうぅっ」

昼間だし、寝室は二階とはいえ山岳もいるし、と必死で声を抑えているのに、峻岳くんは「無駄」と言わんばかりに腰を振りたくる。

「ふ、ぁ、あっ、声、出ちゃう」

「ん」

彼は優しく甘い声で私に返事をして、それから私を強く抱きしめる。思わず振り向くと、唇を深く重ねられた。

「ん、んんっ、ん……っ」

きっと声を抑える手伝いをしてくれているのだと思うのだけれど……でも、こんなに口の中を舌で舐め回されてしまうと、余計に感覚が過敏になり、ナカを蠢《うごめ》かせてしまう。擦れ合う粘膜に、快楽が抑えきれない。

「ん、んんんっ」

唇を塞がれたまま、必死で叫ぶ。ずるずると私のナカを彼のものが雄々《おお》しく擦り上げ動く。

「ん！　んんっ、ん、んんっ……」

唇を奪われたまま、必死で叫ぶ。きゅうっとナカの肉全体が彼のものを包み込み、うねる。入り口が窄まって、肉襞は痙攣《けいれん》して、明確にイっているのを彼に伝えている。

「あー、ごめん、一回出す」

峻岳くんは唇を触れ合わせたまま、掠れた声で呟く。そうして唇を深く貪りなおし一層腰を強く振りたくった。私は嬌声《きょうせい》どころか、暴力的な快楽に耐えきれずくぐもった悲鳴を上げる。

峻岳くんはぐ、と低く息を吐《は》いたかと思うと、ごりっと子宮の入り口を抉《えぐ》り最奥に欲をどくどく吐き出した。ナカにじわりと温かなものがひろまる。

きゅー、きゅっ、と最奥がわななき、うねる。彼の欲を必死で飲み込もうとしているみたい……。

ようやく唇が離れた。峻岳くんは微笑み、私を見下ろしていた。はあ、はあ、と激しく息をしながら彼を見上げる。

少し力が抜けた彼のモノがまだナカにある。峻岳くんは少し思案顔をしたあと、それをぬるぬるになった私のナカで動かした。

なにしろ、夫婦になって数年。

彼がこの動きをするのは、初めてじゃない。

「あ、待って、本当にっ」

私の粘膜から分泌したいやらしい水と、彼の吐き出した淫《みだ》らな白濁でぬるぬるになったナカ。そこで数回擦り上げた屹立は、また私のなかで力強く硬くなり、内側から圧迫を増す。

「あ、だめ……やすませ、て」

「ん。海結さんは休んでていいよ」

峻岳くんは優しい、本当に優しい声で言う。そうして彼は私から屹立を引き抜く。ずるうっと音がしそうなほど、長くて太い。裏筋がくっきりと浮かび上がるそれは、ぬるぬると粘液をまとわせ臍《へそ》につきそうなほど屹立していた。

とろりと私と彼のものが入り混じった液体が彼の幹を伝い、五月の陽光に煌《きら》めく。あまりに淫らな光景に、つい目で追ってしまった。

「海結さん、少し横になる？」

私はひょいと持ち上げられて肩に担がれ、ソファまで連れてこられる。横たえられ、ソファで脚を大きく広げられたかと思うと、息つく間もなく最奥まで穿《うが》たれる。

「や、は……っ」

声も出ず、ただ顎を反らせる。頭を抱えられ、ごちゅごちゅ最奥を穿たれて、うまく息すらできない。彼の屈強な身体に閉じ込められ、ただ快楽を受け入れ、喘《あえ》ぐしか……。

峻岳くんは私の顔を覗き込み、何度もキスを落としながら、優しく優しく何度も告げる。

「海結さん、休んでていいからな？」

私は本気で叫びたい。

こんなの休めるわけないでしょ、って——でも、わんこみたいに私に甘える彼の強面を見ていると、そんなの言えなくなる。

好きにして、食べてしまってと、そう思ってしまう……のは、きっと、私が彼を完璧に愛してしまっているからだろう。

あの秋の日、彼に捕まってから——私は身も心もこの人に囚《とら》われて、離れられなくなっている。

それがどうしてか、本当に本当に、幸せで仕方ない。

狂おしいほど、愛おしい。

「愛してる」

快楽に喘ぎながら必死でそう伝えると、峻岳くんは心底嬉しそうに微笑んだ。この笑顔のためならなんでもやれちゃうね、なんて思う。

【主な参考文献】

『水陸機動団（シリーズ陸上自衛隊の戦闘力）』イカロス出版
『ＭＡＭＯＲ ２０２０年４月号』扶桑社
『ＭＡＭＯＲ ２０１４年11月号』扶桑社
『陸上自衛隊 BATTLERECORDS』笹川英夫・菊池雅之・矢作真弓：著 ホビージャパン
『水陸機動団を立ち上げた男とその苦労』二見龍・中澤剛：著 Kindle

あとがき

お世話になっております。にしのムラサキです。このたびは本作品を手にとっていただきありがとうございました。極上自衛官シリーズ、陸海空空に続きまさかの第五弾陸自です。楽しんでいただけていたら幸いです。

第四弾空自ヒーローの高校時代の先輩が今作ヒーローです。第四弾がシリアスめだったので今作は明るい方面に振り切りました。ちなみに第四弾の一、二年前な時系列です。

全力ポジティブ筋肉ヒーロー、書いていてとてもとても楽しかったです。運動会のお話は本編に入れたかったのですが微妙に合わず番外編のエピソードとして入れました！　過去作ヒーローも出せてよかったです。せっかく陸自だし出したかったので……！

また、うすくち先生には素敵すぎるヒーロー＆ヒロインを描いていただきました！　ヒロイン海結の可愛さ、ヒーロー峻岳のでっかさを美麗に表現していただきました！

編集様及び編集部様には毎度毎度ですが今回もご迷惑をおかけしました……！

最後になりましたが、関わってくださったすべてのかたにお礼申し上げます。なにより読んでくださる読者様には何回お礼を言っても言いたりません。

本当にありがとうございました。

ルネッタⓁブックス

オトナの恋がしたくなる♥

スコープ越しに恋をした

特殊急襲部隊SAT隊員×不運な銀行員
人質から始まる胸キュンラブ♥

ISBN978-4-596-52930-5　定価1200円＋税

カタブツ警察官は
天然な彼女を甘やかしたい

MURASAKI NISHINO

にしのムラサキ

カバーイラスト／御子柴リョウ

不運にも銀行強盗の人質になった日菜子は、警察の特殊急襲部隊SATによって無事に救出される。それから数日後、車に轢かれそうになったところを佐野というイケメンに救われるが、偶然にも彼はマンションの隣人だった。ベランダ越しに交流を重ね、距離を縮めていくふたり。しかし、警察官だという佐野には、日菜子には言えない秘密があって……!?

ルネッタⓁブックス

〈極上自衛官シリーズ〉こわもてエリート陸上自衛官は、小動物系彼女に絶対服従！
～体格差カップルの恋愛事情～

2024年12月25日　第１刷発行 定価はカバーに表示してあります

著　者　にしのムラサキ　
発行人　鈴木幸辰
発行所　株式会社ハーパーコリンズ・ジャパン
東京都千代田区大手町 1-5-1
04-2951-2000（注文）
0570-008091　（読者サービス係）
印刷・製本　中央精版印刷株式会社

Printed in Japan
ISBN978-4-596-72143-3